天下第一好事，还是读书

季羡林 等 著

北方联合出版传媒(集团)股份有限公司
万卷出版公司
２０１７年 · 沈 阳

ⓒ　季羡林等　　2017

图书在版编目（CIP）数据

天下第一好事，还是读书 / 季羡林等著.— 沈阳：万卷
出版公司, 2017.10
　　ISBN 978-7-5470-4639-5

　　Ⅰ.①天… Ⅱ.①季… Ⅲ.①读书方法 Ⅳ.①G792

中国版本图书馆CIP数据核字（2017）第213585号

出 品 人：刘一秀
出版发行：北方联合出版传媒（集团）股份有限公司
　　　　　万卷出版公司
　　　　　（地址：沈阳市和平区十一纬路25号　邮编：110003）
印 刷 者：辽宁泰阳广告彩色印刷有限公司
经 销 者：全国新华书店
幅面尺寸：145mm×210mm
字　　数：160千字
印　　张：8
出版时间：2017年10月第1版
印刷时间：2017年10月第1次印刷
责任编辑：张洋洋
责任校对：侯俊华
装帧设计：范　娇
ISBN　978-7-5470-4639-5
定　　价：32.00元
联系电话：024-23284090
传　　真：024-23284448

目录

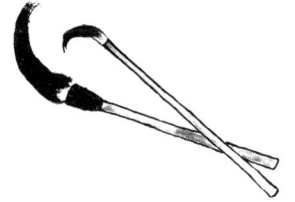

壹

时代的群雕与记忆

我的读书经历

/ 季羡林

我于一九一一年八月六日生于山东省清平县（现并入临清市）官庄。我们家大概也小康过。可是到了我出生的时候，祖父母双亡，家道中落，形同贫农。父亲兄弟三人，无怙无恃，孤苦伶仃，一个送了人，剩下的两个也是食不果腹，衣不蔽体，饿得到枣林里去拣落到地上的干枣来吃。

六岁以前，我有一个老师马景恭先生。他究竟教了我些什么，现在完全忘掉了，大概只不过几个字罢了。六岁离家，到济南去投奔叔父。他是在万般无奈的情况下逃到济南去谋生的，经过不知多少艰难险阻，终于立定了脚跟。从那时起，我才算开始上学。曾在私塾里念过一些时候，念的不外是《百家姓》《千字文》《三字经》《四书》之类。以后接着上小学。转学的时候，因为认识一个"骤"字，老师垂青，从高小开始念起。

我在新育小学考过甲等第三名、乙等第一名，不是拔尖的学生，也不怎样努力念书。三年高小，平平常常。有一件事值得提出来谈一谈：我开始学英语。当时正规小学并没有英语课。我学英语是利用业余时间，上课是在晚上。学的时间不长，只不过学了一点语法、一些单词而已。我当时有一个怪问题："有"和"是"都没有"动"的意思，为什么叫"动词"呢？后来才逐渐了解到，这只不过是一个译名不妥的问题。

我万万没有想到，就由于这一点英语知识，我在报考中学时沾了半年光。我这个人颇有点自知之明，有人说，我自知过了头。不管怎样，我幼无大志，却是肯定无疑的。当时山东中学的拿摩温是山东省立第一中学。我这个癞蛤蟆不敢吃天鹅肉，我连去报名的勇气都没有，我只报了一个"破"正谊。可这个学校考试时居然考了英语。出的题目是汉译英："我新得了一本书，已经读了几页，可是有些字我不认得。"我翻出来了，只是为了不知道"已经"这个词儿的英文译法而苦恼了很长时间。结果我被录取，不是一年级，而是一年半级。

在正谊中学学习期间，我也并不努力，成绩徘徊在甲等后几名、乙等前几名之间，属于上中水平。我们的学校濒临大明湖，风景绝美。一下课，我就跑到校后湖畔去钓虾、钓蛤蟆，不知用功为何物。但是，叔父却对我期望极大，要求极严。他自己亲自给我讲课，选了一本《课侄选文》，大都是些理学的文章。他并没有受过什么系统教育，但是他绝顶聪明，完全靠自学，经史子集都读了不少，能诗，善书，还能刻图章。他没有男孩子，一切希望都寄托在我身上。他严而慈，对我影响极大。我今天勉强学得了一些东西，都出于他之赐，我永远不会忘掉。根据他的要求，我在正谊下课以后，参加了一个古文学习班，读了《左传》《战国策》《史记》等书，当然对老师另给报酬。晚上，又要到尚实英文学社去学英文，一直到十点才回家。这样的日子，大概过了八年。我当时并没有感觉到有什么负担，但也不了解其深远意义，依然顽皮如故，摸鱼钓虾而已。现在回想起来，我今天这一点不管多么单薄的基础不是那时打下的吗？

至于我们的正式课程，国文、英、数、理、生、地、史都有。国文念《古文观止》一类的书，要求背诵。英文念《泰西五十轶事》《天方夜谭》《莎氏乐府本事》《纳氏文法》等等。写国文作文全用文言，英文也写作文。课外，除了上补习班外，我读了大量的旧小说，什么《三国》《西游》《封神演义》《说唐》《说岳》《济公传》《彭公案》《三侠五义》等等无不阅读。《红楼梦》我最不喜欢。连《西厢记》《金瓶梅》一类的书，我也阅读。这些书对我有什么影响，我说不出，反正我并没有想去当强盗或偷女人。

初中毕业以后，在正谊念了半年高中。一九二六年转入新成立的山东大学附设高中。山东大学的校长是前清状元、当时的教育厅长王寿彭。他提倡读经。在高中教读经的有两位老师，一位是前清翰林或者进士，一位绰号"大清国"，是一个顽固的遗老。两位老师的姓名我都忘记了，只记住了绰号。他们上课，都不带课本，教《书经》和《易经》，都背得滚瓜烂熟，连注疏都在内，据说还能倒背。教国文的老师是王崑玉先生，是一位桐城派的古文作家，有自己的文集。后来到山东大学去当讲师了。他对我的影响极大。记得第一篇作文题目是《读〈徐文长传〉书后》。完全出我意料，这篇作文受到他的高度赞扬，批语是"亦简劲，亦畅达"。我在吃惊之余，对古文产生了浓厚的兴趣，弄到了《韩昌黎集》《柳宗元集》，以及欧阳修、三苏等的文集，想认真钻研一番。谈到英文，由于有尚实英文学社的底子，别的同学很难同我竞争。还有一件值得一提的事情是，我也学了德文。

由于上面提到的那些，我在第一学期考了一个甲等第一名，而且平均分数超过九十五分，因此受到了王状元的嘉奖。他亲笔写了一副对联和一个扇面奖给我。这当然更出我意料。我从此才有意识地努力学习。要追究动机，那并不堂皇，无非是想保持自己的面子，决不能从甲等第一名落到第二名，如此而已。反正我在高中学习三年中，六次考试，考了六个甲等第一名，成了"六连贯"，自己的虚荣心得到了充分的满足。

这是不是就改变了我那幼无大志的情况呢？也并没有。我照样是鼠目寸光，胸无大志，我根本没有发下宏愿，立下大志，终身从事科学研究，成为什么学者。我梦寐以求的只不过是毕业后考上大学，在当时谋生极为困难的条件下，抢到一只饭碗，无灾无难、平平庸庸地度过一生而已。

一九二九年，我转入新成立的山东省立济南高中，学习了一年，这在我一生中是一个重要的阶段。特别是国文方面，这里有几个全国闻名的作家：胡也频、董秋芳、夏莱蒂、董每戡等等。前两位是我的业师。胡先生不遗余力地宣传现代文艺，也就是普罗文学。我也迷离模糊，读了一些从日文译过来的马克思主义文艺理论。我曾写过一篇《现代文艺的使命》，大概是东抄西抄，勉强成篇。不意竟受到胡先生垂青，想在他筹办的杂志上发表。不幸他被国民党反动派通缉，仓促逃往上海，不久遇难。我的普罗文学梦也随之消逝。接他工作的是董秋芳（冬芬）先生。我此时改用白话写作文，大得董先生赞扬，认为我同王联榜是"全校之冠"。这当然给了我极大的鼓励。我之所以五十年来舞笔弄墨不辍，至今将近耄耋之年，仍然不能放下笔，全出于董老师之赐，我毕生难忘。

在这里，虽然已经没有经学课程，国文课本也以白话为主，我自己却没有放松对中国旧籍的钻研。我阅读的范围仍然很广，方面仍然很杂。陶渊明、杜甫、李白、王维、李义山、李后主、苏轼、陆游、姜白石等等诗人、词人的作品，我都读了不少。这对我以后的工作起了积极的影响。

一九三〇年，我高中毕业，到北平来考大学。由于上面说过的一些原因，当年报考中学时那种自卑心理一扫而光，有点接近狂傲了。当时考一个名牌大学，十分困难，录取的百分比很低。为了得到更多的录取机会，我那八十多位同班毕业生，每人几乎都报七八个大学，我却只报了北大和清华。结果我两个大学都考上了。经过一番深思熟虑，我选了清华，因为，我想，清华出国机会多。选系时，我选了西洋系。这个系分三个专修方向（specialized）：英文、德文、法文。只要选某种语言一至四年，就算是专修某种语言。其实这只是一个形式，因为英文是从小学就学起的，而德文和法文则是从字母学起。教授中外籍人士居多，不管是哪国人，上课都讲英语，连中国教授也多半讲英语。课程也以英国文学为主，课本都是英文的，有"欧洲文学史""欧洲古典文学""中世纪文学""文艺复兴文学""文艺批评""莎士比亚""英国浪漫诗人""近代长篇小说""文学概论""文艺心理学（美学）""西洋通史""大一国文""一二年级英语"等等。

我的专修方向是德文。四年之内，共有三个教授授课，两位德国人，一位中国人。尽管我对这些老师都怀念而且感激，但是，我仍然要说，他们授课相当马虎。四年之内，在课堂上，中国老师只说汉语，德国老师只说英语，从来不用德语讲课。结果是，学了四年德文，我们只能看书，而不能听和说。我的学士论文是"The Early Poems of Holderlin"，指导教授是 Ecke（艾克）。

在所有的课程中，我受益最大的不是正课，而是一门选修课：朱光潜先生的"文艺心理学"，还有一门旁听课：陈寅恪先生的"佛经翻译文学"。这两门课对我以后的发展有深远影响，可以说是一直影响到现在。我搞一点比较文学和文艺理论，显然是受了朱先生的熏陶；而搞佛教史、佛教梵语和中亚古代语言，则同陈先生的影响是分不开的。

　　顺便说一句，我在大学，课余仍然继续写作散文，发表在当时颇有权威性的报刊上。我可万万没有想到，那样几篇散文竟给我带来了好处。一九三四年，清华毕业，找工作碰了钉子。母校山东济南高中的校长宋还吾先生邀我回母校任国文教员。我那几篇散文就把我制成了作家，而当时的逻辑是，只要是作家就能教国文。我可是在心里直打鼓：我怎么能教国文呢？但是，快到秋天了，饭碗还没有拿到手，我于是横下了一条心：你敢请我，我就敢去！我这个西洋文学系的毕业生一变而为国文教员。我就靠一部《辞源》和过去读的那一些旧书，堂而皇之当起国文教员来。我只有二十三岁，班上有不少学生比我年龄大三四岁，而且在家乡读过私塾。我实在是如履薄冰。

　　教了一年书，到了一九三五年，上天又赐给一个良机。清华大学与德国签订了交换研究生的协定。我报名应考，被录取。这一年的深秋，我到了德国哥廷根大学，开始了国外的学习生活。我选的主系是印度学，两个副系是英国语言学和斯拉夫语言学。我学习了梵文、巴利文、俄文、南斯拉夫文、阿拉伯文等等，还选了不少的课。教授是 Sieg、Waldschmidt、Braun 等等。

这时第二次世界大战正在剧烈进行。德国被封锁，什么东西也输入不进来，要吃没吃，要穿没穿。大概有四五年的时间，我忍受了空前的饥饿，终日饥肠辘辘，天上还有飞机轰炸。我怀念祖国和家庭。"烽火连六年，家书抵亿金。"实际上我一封家书都收不到。就在这样十分艰难困苦的条件下，我苦读不辍。一九四一年，通过论文答辩和口试，以全优成绩，获得哲学博士学位。我的博士论文是：《〈大事〉中伽陀部分限定动词的变格》。

在这一段异常困苦的时期，最使我感动的是德国老师的工作态度和对待中国学生的态度。我是一个素昧平生的异邦青年，他们不但没有丝毫歧视之意，而且爱护备至，循循善诱。Waldschmidt 教授被征从军，Sieg 教授以耄耋之年，毅然出来代课。其实我是唯一的博士生，他教的对象也几乎就是我一个人。他把他的看家本领都毫无保留地传给我。他给我讲了《梨俱吠陀》《波你尼语法》，Patanjali 的《大疏》《十王子传》等。他还一定坚持要教我吐火罗文。他是这个语言的最高权威，是他把这本天书读通了的。我当时工作极多，又患神经衰弱，身心负担都很重。可是看到这位老人那样热心，我无论如何不能让老人伤心，便遵命学了起来。同学的还有比利时的 W.Couvreur 博士，后来成了名教授。

谈到工作态度，我的德国老师都是楷模。他们的学风都是异常的认真、细致、谨严。他们写文章，都是再三斟酌，多方讨论，然后才发表。德国学者的"彻底性"（Grundlichkeit）是名震寰宇的。对此我有深切的感受。可惜后来由于环境关系，我没能完全做到，真有点愧对我的德国老师了。

从一九三七年起，我兼任哥廷根大学汉学系讲师。这个系设在一座大楼的二层上，几乎没有人到这座大楼来，因此非常清静。系的图书室规模相当大，在欧洲颇有一些名气。许多著名的汉学家到这里来看书，我就碰到不少，其中最著名的有英国的 Arthur Waley 等。我在这里也读了不少的中国书，特别是笔记小说以及佛教大藏经，扩大了我在这方面的知识面。

我在哥廷根待了整整十个年头。一九四五年秋冬之交，我离开这里到瑞士去，住了将近半年。一九四六年春末，取道法国、越南、香港，夏天回到了别离将近十一年的祖国。

我的留学生活，也可以说是我的整个学生生活就这样结束了。这一年我三十五岁。

一九四六年秋天，我到北京大学来任教授，兼东方语言文学系主任。是我的老师陈寅恪先生把我介绍给胡适、傅斯年、汤用彤三位先生的。按当时北大的规定：在国外获得博士学位回国的，只能任副教授。对我当然也要照此办理。也许是我那几篇在哥廷根科学院院刊上发表的论文起了作用，我到校后没有多久，汤先生就通知我，我已定为教授。从那时到现在时光已经过去了四十二年，我一直没有离开过北大。其间我担任系主任三十来年，担任副校长五年。一九五六年，我当选中国科学院学部委员。十年浩劫中靠边站，挨批斗，符合当时的"潮流"。现在年近耄耋，仍然搞教学、科研工作，从事社会活动，看来离八宝山还有一段距离。以上这一切都是平平常常的经历，没有什么英雄业绩，我就不再啰唆了。

我体会，一些报刊之所以要我写自传的原因，是想让我写点什么治学经验之类的东西。那么，在长达六十年的学习和科研活动中，我究竟有些什么经验可谈呢？粗粗一想，好像很多；仔细考虑，无影无踪。总之是卑之无甚高论。不管好坏，鸳鸯我总算绣了一些。至于金针则确乎没有，至多是铜针、铁针而已。

我记得，鲁迅先生在一篇文章中讲了一个笑话：一个江湖郎中在市集上大声吆喝，叫卖治臭虫的妙方。有人出钱买了一个纸卷，层层用纸严密裹住。打开一看，妙方只有两个字：勤捉。你说它不对吗？不行，它是完全对的。但是说了等于不说。我的经验压缩成两个字是勤奋。再多说两句就是：争分夺秒，念念不忘。灵感这东西不能说没有，但是，它不是从天上掉下来的，而是勤奋出灵感。

上面讲的是精神方面的东西，现在谈一点具体的东西。我认为，要想从事科学研究工作，应该在四个方面下功夫：一、理论；二、知识面；三、外语；四、汉文。唐代刘知几主张，治史学要有才、学、识。我现在勉强套用一下，理论属识，知识面属学，外语和汉文属才，我在下面分别谈一谈。

一、理论

现在一讲理论，我们往往想到马克思主义。这样想，不能说不正确。但是，必须注意几点。一、马克思主义随时代而发展，决非僵化不变的教条。二、不要把马克思主义说得太神妙，令人望而生畏，对它可以批评，也可以反驳。我个人认为，马克思主义的精髓就是唯物主义和辩证法。唯物主义就是实事求是。把黄的说成是黄的，是唯物主义。把黄的说成是黑的，是唯心主义。事情就是如此简单明了。哲学家们有权利去做深奥的阐述，我辈外行，大可不必。至于辩证法，也可以作如是观。看问题不要孤立，不要僵死，要注意多方面的联系，在事物运动中把握规律，如此而已。我这种幼儿园水平的理解，也许更接近事实真相。

除了马克思主义以外，古今中外一些所谓唯心主义哲学家的著作，他们的思维方式和推理方式，也要认真学习。我有一个奇怪的想法：百分之百的唯物主义哲学家和百分之百的唯心主义哲学家，都是没有的。这就和真空一样，绝对的真空在地球上是没有的。中国古话说"智者千虑，必有一失"，就是这个意思。因此，所谓唯心主义哲学家也有不少东西值得我们学习。我们千万不要像过去那样把十分复杂的问题简单化和教条化，把唯心主义的标签一贴，就"奥伏赫变"。

二、知识面

要求知识面广，大概没有人反对。因为，不管你探究的范围多么窄狭，多么专业，只有在知识广博的基础上，你的眼光才能放远，你的研究才能深入。这样说已经近于常识，不必再做过多的论证了。我想在这里强调一点，这就是，我们从事人文科学和社会科学研究的人，应该学一点科学技术知识，能够精通一门自然科学，那就更好。今天学术发展的总趋势是，学科界线越来越混同起来，边缘学科和交叉学科越来越多。再像过去那样，死守学科阵地，鸡犬之声相闻，老死不相往来，已经完全不合时宜了。此外，对西方当前流行的各种学术流派，不管你认为多么离奇荒诞，也必须加以研究，至少也应该了解其轮廓，不能简单地盲从或拒绝。

三、外语

外语的重要性，尽人皆知。若再详细论证，恐成蛇足。我在这里只想强调一点：从今天的世界情势来看，外语中最重要的是英语，它已经成为名副其实的世界语。这种语言，我们必须熟练掌握，不但要能读，能译，而且要能听，能说，能写。今天写学术论文，如只用汉语，则不能出国门一步，不能同世界各国的同行交流。如不能听说英语，则无法参加国际学术会议。

情况就是如此地咄咄逼人，我们不能不认真严肃地加以考虑。

四、汉语

我在这里提出汉语来，也许有人认为是非常异议可怪之论。"我还不能说汉语吗？""我还不能写汉文吗？"是的，你能说，也能写。然而仔细一观察，我们就不能不承认，我们今天的汉语水平是非常成问题的。每天出版的报章杂志，只要稍一注意，就能发现别字、病句。我现在越来越感到，真要想写一篇准确、鲜明、生动的文章，决非轻而易举。要能做到这一步，还必须认真下点功夫。我甚至想到，汉语掌握到一定程度，想再前进一步，比学习外语还难。只有承认这一个事实，我们的汉语水平才能提高，别字、病句才能减少。

我在上面讲了四个方面的要求。其实这些话都属于老生常谈，都平淡无奇。然而真理不往往就寓于平淡无奇之中吗？这同我在上面引鲁迅先生讲的笑话中的"勤捉"一样，看似平淡，实则最切实可行，而且立竿见影。我想到这样平凡的真理，不敢自秘，便写了出来，其意不过如野叟献曝而已。

我现在想谈一点关于进行科学研究指导方针的想法。六七十年前胡适先生提出来的"大胆的假设，小心的求证"，我认为是不刊之论，是放之四海而皆准的方针。古今中外，无论是社会科学，还是自然科学，概莫能外。在那一段教条主义猖獗、形而上学飞扬跋扈的时期内，这个方针曾受到多年连续不断的批判。我当时就百思不得其解。试问哪一个学者能离开假设与求证呢？所谓大胆，就是不为过去的先入之见所限，不为权威所囿，能够放开眼光，敞开胸怀，独具只眼，另辟蹊径，提出自己的假设，甚至胡思乱想，想入非非，亦无不可。如果连这一点胆量都不敢有，那只有循规蹈矩，墨守成法，鼠目寸光，拾人牙慧，个人绝不会有创造，学术绝不会进步。这一点难道还不明白，还要进行烦琐的论证吗？

总之，我要说，一要假设，二要大胆，缺一不可。

但是，在提倡大胆的假设的同时，必须大力提倡小心的求证。一个人的假设，绝不会一提出来就完全符合实际情况，有一个随时修改的过程。我们都有这样一个经验：在想到一个假设时，自己往往诧为"神来之笔"，是"天才火花"的闪烁，而狂欢不已。可是这一切都并不是完全可靠的。假设能不能成立，完全依靠求证。求证要小心，要客观，决不允许厌烦，更不允许马虎。要从多层次、多角度上来求证，从而考验自己的假设是否正确，或者正确到什么程度，哪一部分正确，哪一部分又不正确。所有这一切都必须实事求是，容不得丝毫私心杂念，一切以证据为准。证据否定掉的，不管当时显得多么神奇，多么动人，都必须毅然毫不吝惜地加以扬弃。部分不正确的，扬弃部分。全部不正确的，扬弃全部。事关学术良心，决不能含糊。可惜到现在还有某一些人，为了维护自己"奇妙"的假设，不惜歪曲证据，剪裁证据。对自己的假设有用的材料，他就用；没有用的、不利的，他就视而不见，或者见而掩盖。这都是"缺德"（史德也）的行为，我期期以为不可。至于剽窃别人的看法或者资料，而不加以说明，那是小偷行为，斯下矣。

总之，我要说，一要求证，二要小心，缺一不可。

我刚才讲的"史德"，是借用章学诚的说法。他把"史德"解释成"心术"。我在这里讲的也与"心术"有关，但与章学诚的"心术"又略有所不同，有点引申的意味。我的中心想法是不要骗自己，不要骗读者。做到这一步，是有德。否则就是缺德。写什么东西，自己首先要相信。自己不相信而写出来要读者相信，不是缺德又是什么呢？自己不懂而写出来要读者懂，不是缺德又是什么呢？我这些话绝非无中生有，无的放矢。我都有事实根据。我以垂暮之年，写了出来，愿与青年学者们共勉之。

现在再谈一谈关于搜集资料的问题。进行科学研究，必须搜集资料，这是不易之理。但是，搜集资料并没有什么一定之规。最常见的办法是使用卡片，把自己认为有用的资料抄在上面，然后分门别类，加以排比。可这也不是唯一的办法。陈寅恪先生把有关资料用眉批的办法，今天写上一点，明天写上一点，积之既久，资料多到能够写成一篇了，就从眉批移到纸上，就是一篇完整的文章。比如，他对《高僧传·鸠摩罗什》的眉批，竟比原文还要多几倍，是一个典型的例子。我自己既很少写卡片，也从来不用眉批，而是用比较大张的纸，把材料写上。有时候随便看书，忽然发现有用的材料，往往顺手拿一些手边能拿到的东西，比如通知、请柬、信封、小纸片之类，把材料写上，再分类保存。我看到别人也有这个情况，向达先生有时就把材料写在香烟盒上。用比较大张的纸有一个好处，能把有关的材料都写在上面，约略等于陈先生的眉批。卡片面积太小，这样做是办不到的。材料抄好以后，要十分认真细心地加以保存，最好分门别类装入纸夹或纸袋。否则，如果一时粗心大意丢上张把小纸片，上面记的可能是至关重要的材料，这样会影响你整篇文章的质量，不得不黾勉从事。至于搜集资料要巨细无遗，要有竭泽而渔的精神，这是不言自喻的。但是，要达到百分之百的完整的程度，那也是做不到的。不过我们千万要警惕，不能随便搜集到一点资料，就动手写长篇论文。这样写成的文章，其结论之不可靠是显而易见的。与此有联系的就是要注意文献目录。只要与你要写的文章有关的论文和专著的目录，你必须清楚。否则，人家已经有了结论，而你还在卖劲地论证，必然贻笑方家，不可不慎。

我想顺便谈一谈材料有用无用的问题。严格讲起来，天下没有无用的材料，问题是对谁来说，在什么时候说。就是对同一个人，也有个时机问题。大概我们都有这样的经验：只要你脑海里有某一个问题，一切资料，书本上的、考古发掘的、社会调查的等等，都能对你有用。搜集这样的资料也并不困难，有时候资料简直是自己跃入你的眼中。反之，如果你脑海里没有这个问题，则所有这样的资料对你都是无用的。但是，一个人脑海里思考什么问题，什么时候思考什么问题，有时候自己也掌握不了。一个人一生中不知要思考多少问题。当你思考甲问题时，乙问题的资料对你没有用。可是说不定什么时候你会思考起乙问题来。你可能回忆起以前看书时曾碰到过这方面的资料，现在再想去查找，可就"云深不知处"了。这样的经验我一生不知碰到多少次了，想别人也必然相同。

那么怎么办呢？最好脑海里思考问题，不要单打一，同时要思考几个，而且要念念不忘，永远不让自己的脑子停摆，永远在思考着什么。这样一来，你搜集面就会大得多，漏网之鱼也就少得多。材料当然也就积累得多，养兵千日，用兵一时；一旦用起来，你就左右逢源了。

最后还要谈一谈时间的利用问题。时间就是生命，这是大家都知道的道理。而且时间是一个常数，对谁都一样，谁每天也不会多出一秒半秒。对我们研究学问的人来说，时间尤其珍贵，更要争分夺秒。但是各人的处境不同，对某一些人来说就有一个怎样利用时间的"边角废料"的问题。这个怪名词是我杜撰出来的。时间摸不着看不见，但确实是一个整体，哪里会有什么"边角废料"呢？这只是一个形象的说法。平常我们做工作，如果一整天没有人和事来干扰，你可以从容濡笔，悠然怡然，再佐以龙井一杯，云烟三支，神情宛如神仙，整个时间都是你的，那就根本不存在什么"边角废料"问题。但是有多少人能有这种神仙福气呢？鲁钝如不佞者几十年来就做不到。新中国成立以来，我搞了不知多少社会活动，参加了不知多少会，每天不知有多少人来找，心烦意乱，啼笑皆非。回想十年浩劫期间，我成了"不可接触者"，除了蹲牛棚外，在家里也是门可罗雀。《罗摩衍那》译文八巨册就是那时候的产物。难道为了读书写文章就非变成"不可接触者"或者右派不行吗？浩劫一过，我又是门庭若市，而且参加各种各样的会，终日马不停蹄。我从前读过马雅可夫斯基的《开会迷》和张天翼的《华威先生》，觉得异常可笑，岂意自己现在就成了那一类人物，岂不大可哀哉！但是，人在无可奈何的情况下是能够想出办法来的。现在我既然没有完整的时间，就挖空心思利用时间的"边角废料"。在会前、会后，甚至在会中，构思或动笔写文章。有不少会，讲话空话废话居多，传递的信息量却不大，态度欠端，话风不正，哼哼哈哈，不知所云，又佐之以"这个""那个"，间之以"唵""啊"，白白浪费精力，效果却是很少。在这时候，我往往只用一个耳朵或半个耳朵去听，就能兜住发言的全部信息量，而把剩下的一个耳朵或一个半耳朵全部关闭，把精力集中到脑海里，构思，写文章。当然，在飞机上，火车上，汽车上，甚至自行车上，特别是在步行的时候，我脑海里更是思考不停。这就是我所说的利用时间的"边角废料"。积之既久，养成"恶"习，只要在会场一坐，一闻会味，心花怒放，奇思妙想，联翩飞来；

"天才火花"，闪烁不停。此时文思如万斛泉涌，在鼓掌声中，一篇短文即可写成，还耽误不了鼓掌。倘多日不开会，则脑海活动，似将停止，"江郎"仿佛"才尽"。此时我反而期望开会了。这真叫作没有法子。

我在上面拉杂地写了自己七十年的自传。总体来看，没有大激荡，没有大震动，是一个平凡人的平凡的经历。我谈的治学经验，也都属于"勤捉"之类，卑之无甚高论。比较有点价值的也许是那些近乎怪话的意见。古人云："修辞立其诚。"我没有说谎话，只有这一点是可以告慰自己，也算是对得起别人的。

忆读书

/冰 心

一谈到读书，我的话就多了！我自从会认字后不到几年，就开始读书。倒不是4岁时读母亲教给我的商务印书馆出版的国文教科书第一册的"天，地，日，月，山，水，土，木"以后的那几册，而是7岁时开始自己读的"话说天下大势，分久必合，合久必分……"的《三国演义》！

那时我的舅父杨子敬先生每天晚饭后必给我们几个表兄妹讲一段《三国演义》，我听得津津有味，什么"宴桃园豪杰三结义，斩黄巾英雄首立功"，真是好听极了，但是他讲了半个钟头，就停下去干他的公事了。我只好带着对于故事下文的无限悬念，在母亲的催促下，含泪上床。

此后我决定咬了牙拿起一本《三国演义》来，自己一知半解地读了下去，居然越看越懂，虽然字音都读得不对，比如把"凯"念作"岂"，把"诸"念作"者"之类，因为就只学过那个字一半部分。

谈到《三国演义》，我第一次读到关羽死了，哭了一场，便把书丢下了。第二次再读时，到诸葛亮死了，又哭了一场，又把书丢下了，最后忘了是什么时候才把全书读到分久必合的结局。

这时就同时还看了母亲针线箩里常放着的那几本《聊斋志异》，聊斋故事是短篇可以随时拿起放下，又是文言的，这对于我的作文课，很有帮助，时为我的作文老师曾在我的作文本上，批着"柳州风骨，长吉清才"的句子，其实我那时还没有读过柳宗元和李贺的文章，只因那时的作文，都是用文言写的。

因为看《三国演义》引起了我对章回小说的兴趣，对于那部述说"官逼民反"的《水浒传》大加欣赏。那部书里着力描写的人物，如林冲——林教头风雪山神庙一回，看了使我气愤填胸！武松、鲁智深等人，都有其自己极其生动的风格，虽然因为作者要凑成三十六天罡、七十二地煞勉勉强强地满了一百○八人的数目，我觉得也比没有人物个性的《荡寇志》强多了。

《精忠说岳》并没有给我留下太大的印象，虽然岳飞是我从小就崇拜的最伟大的爱国英雄。在此顺便说一句，我酷爱古典诗词，但能够从头背到底的，只有岳武穆的《满江红》"怒发冲冠"那一首，还有就是李易安的《声声慢》，她那几个叠字："寻寻，觅觅，凄凄，惨惨，戚戚……"写得十分动人，尤其是以"寻寻觅觅"起头，描写尽了"若有所失"的无聊情绪。到得我11岁时，回到故乡的福州，在我祖父的书桌上看到了林琴南老先生送给他的《茶花女遗事》，使我对于林译外国小说有了广泛的兴趣，那时只要我手里有几角钱，就请人去买林译小说来看，这又使我知道了许多外国的人情世故。

《红楼梦》是在我十二三岁时候看的，起初我对它的兴趣并不大，贾宝玉女声女气，林黛玉的哭哭啼啼都使我厌烦，还是到了中年以后，再拿起这部书看时，才尝到"满纸荒唐言，一把辛酸泪"，一个朝代和家庭的兴亡盛衰的滋味。

总而言之，统而言之，我这一辈子读到的中外的文艺作品，不能算太少。我永远感到读书是我生命中最大的快乐！从读书中我还得到了做人处世的"独立思考"的大道理，这都是从"修身"课本中所得不到的。

我自1980年到日本访问回来后即因伤腿，闭门不出，"行万里路"做不到了，"读万卷书"更是我唯一的消遣。我每天都会得到许多书刊，知道了许多事情，也认识了许多人物。同时，书看多了，我也会挑选，比较。比如说看了精彩的《西游记》就会丢下烦琐的《封神传》，看了人物如生的《水浒传》就不会看索然乏味的《荡寇志》，等等。对于现代的文艺作品，那些写得朦朦胧胧的，堆砌了许多华丽的词句的，无病而呻，自作多情的风花雪月的文字，我一看就从脑中抹去，但是那些满带着真情实感，十分质朴浅显的篇章，哪怕只有几百上千字，也往往使我心动神移，不能自已！书看多了，从中也得到一个体会，物怕比，人怕比，书也怕比，"不比不知道，一比吓一跳。"

因此，某年的六一国际儿童节，有个儿童刊物要我给儿童写几句指导读书的话，我只写了几个字，就是：

读书好，多读书，读好书。

小时背书有好处

/巴　金

　　有人要我告诉他小说与散文的特点，也有人希望我能够说明散文究竟是什么东西。我不能满足他们的要求，因为我实在讲不出来。我并非故意在这里说假话，也不是过分谦虚。30年来我一共出版了20本散文集。我的第一本散文集《海行杂记》还是在我写第一部小说之前写成的。最近我仍然在写类似的散文东西，怎么我会讲不出"散文"的特点呢？其实说出来，理由也很简单：我写文章，因为有话要说。我向杂志投稿，也从没有一位编辑先考问我一遍，看我是否懂得文学。我说这一段话，并非跑野马，开玩笑。我只想说明一件事情：一个人必须先有话要说，才想到写文章；一个人要对人说话，他一定想把话说得动听，说得好，让人家相信他。每个人说话都有自己的方法和声调，写出来的文章也不会完全一样。人是活的，所以文章的形式或者体裁并不能够限制活人。我写文章的时候，并没有事先想到我这篇文章应当有什么样的特点，我想的只是我要在文章里说些什么话，而且怎样把那些话说得明白。

我刚才说过我出版了20本散文集。其实这20本都是薄薄的小书，而且里面什么文章都有。有特写，有随笔，有游记，有书信，有感想，有回忆，有通讯报道……总之，只要不是诗歌，又没有完整的故事，也不曾写出什么人物，更不是专门发议论讲道理，却又不太枯燥，而且还有一点点感情，像这样的文章我都叫作"散文"。也许有人认为这样叫法似乎把散文的范围搞得太大了，其实我倒觉得把它缩小了。按欧洲人的说法，除了韵文就是散文，连长篇小说也包括在内。我前不久买到一部德国作家霍普特曼的四卷本《散文集》，里面收的全是长短篇小说。而且拿我个人的经验来说，有时候也不大容易给每一篇文章戴上合适的帽子，派定它为"小说"或者"散文"。例如我的《短篇小说选集》里面有一篇《废园外》，不过一千两三百字。写作者走过一个废园，想起几天前敌机轰炸昆明、炸死国内一个深闺少女的事情。我写完它的时候，我把它当作"散文"。后来我却把它收在《短篇小说选集》里，我还在《序》上说："拿情调来说，它接近短篇小说了。"（其实怎样"接近"，我自己也说不出来。不过我也读过好些篇欧美或者日本作家写的这一类没有故事的短篇小说。日本森鸥外的《沉默之塔》就比《废园外》更不像小说）但是我后来编辑文集，又把《废园外》放进《散文集》里面。又如我1952年从朝鲜回来写了一篇叫作《坚强战士》的文章。我写的是"真人真事"，可是我把它当作小说发表了。后来《志愿军英雄传》编辑部的一位同志把这篇文章拿去找获得"坚强战士"称号的张渭良同志仔细研究了一番。张渭良同志提了一些意见。我根据他的意见把我那篇文章改得更符合事实。文章后来收在《志愿军英雄传》内，徐迟同志去年编特写选又把它选进去了。小说变成了特写。固然称《坚强战士》为"特写"也很适当，但是我如果仍然叫它作"短篇小说"，也不能说是错误。苏联作家波列伏依的好多"特写"就可以称为短篇小说。还有，我的短篇小说《我的眼泪》，要是把它编进《散文集》，也许更恰当，因为它更像散文。

我这些话无非说明文章的体裁和形式都是次要的东西，主要的还是内容。有人认为必须先弄清楚了"散文"的特点才可以动笔写"散文"。我就不同意这种说法。我从前在私塾里念书的时候，的确学过作文。老师出题目要我写文章，我或者想了一天写不出来，或者写出来不大通顺，老师就叫我到他面前，告诉我文章应当怎样写，第一段写什么，第二段写什么……最后又怎样结束。我当时并不明白，过了几年倒恍然大悟了。老师在教我在题目上做文章，说来说去无非在题目的上下前后打转，这就叫作"作文"。那些时候不是我要写文章，是老师要我写，不写或者写不出就要挨骂甚至要给老师打手心。当时我的确写过不少这样的文章，里面一半是"什么论""什么说"，如《颖考叔纯孝论》《师说》之类，另一半就是今天所谓的"散文"，如《郊游》《儿时回忆》《读书乐》等等。就拿《读书乐》来说吧。我那时背诵古书很感痛苦。老实说，即使背得烂熟，我也讲不清楚那些词句的意义。我怎么写得出"读书的乐趣"呢？但是作文不交卷，我就走不出书房，要是惹得老师不高兴，说不定还要挨几下板子。我只好照老师的意思写，先说人需要读书，又说读书的乐趣，再讲春、夏、秋、冬四时读书之乐。最后来一个短短的结束。我总算把《读书乐》交卷了。老师在文章旁边打了好几个圈，最后又批了八个字："水静沙明，一清到底。"我还记得文章中有"围炉可以御寒，《汉书》可以下酒"的话，这是写冬天读书的乐趣。老师又给我加上两句"不必红袖添香……"等等。其实一个十二三岁的少年，看见酒就害怕，哪里有读《汉书》下酒的雅兴？更不懂什么叫"红袖添香"了。文章里的句子不是从别处抄来，就是引用典故拼凑成的，跟"书"的内容并无多大关系。这真是为作文而作文，越写越糊涂了。不久我无意间得到一卷《说岳传》的残文，看到"何元庆大骂张用"一句，就接着看下去，居然全懂，因为书是用口语写的。我看完这本破书，就到处求人借《说岳传》全本来看，看到不想吃饭睡觉，这才懂得所谓"读书乐"。但这种情况跟我的《读书乐》中所写的却又是两样了。

我不仅学过怎样写"散文"，而且我从小就读过不少的"散文"。我刚才还说过老师告诉我文章应当怎样写，如何从第一段讲到结束。其实这样的事情是很少有的。这是在老师特别高兴、有极大的耐心开导学生的时候。老师平日讲得少，而且讲得简单。他唯一的办法是叫学生多读书，多背书。我背得较熟的几部书中间有一部《古文观止》。这是两百多篇散文的选集，从周代到明代，有"传"，有"记"，有"序"，有"书"，有"表"，有"铭"，有"赋"，有"论"，还有"祭文"。里面一部分我背得出却讲不清楚；有一部分我不但懂而且喜欢，像《桃花源记》《祭十二郎文》《赤壁赋》《报刘一丈书》等等。读多了，读熟了，常常可以顺口背出来，也就能慢慢地体会到它们的好处，也就能慢慢地摸到文章的调子。但是当时也只能说是似懂非懂。可是我有两百多篇文章储蓄在脑子里面了，虽然我对其中任何一篇都没有好好地研究过，但是这么多的具体的东西至少可以使我明白所谓"文章"究竟是怎么一回事，可以使我明白文章并非神秘不可思议，它也是有条有理，顺着我们的思路连下来的。这就是说，它不是颠三倒四地胡说，不像我们常常念着玩的颠倒诗："一出门来脚咬狗，捡个狗来打石头……"这样一来，我就觉得写文章比从前容易些了，只要我的确有话说。倘使我连先生出的题目都不懂，或者我实在无话可说，那又当别论。还有一点，我不说大家也想得到，我写的那些作文全是坏文章，因为老师爱出大题目，而我又只懂得那么一点点东西，连知识也说不上，哪里还有资格谈古论今！后来弄得老师也没有办法，只好批"清顺"二字敷衍了事。

但是我仍然得感谢我那两位强迫我硬背《古文观止》的私塾老师。这两百多篇"古文"可以说是我真正的启蒙先生。我后来写了20本散文，跟这个"启蒙先生"们一一背熟，好的"散文"很有关系。虽然我后来还读过别的文章，可是并没有机会把它记在心里了。不过读得多，即使记不住，也有好处。我们有很好的传统，好的散文岂止两百篇！十倍百倍也不止！

我的读书经验

/ 冯友兰

　　我今年八十七岁①了，从七岁上学起就读书，一直读了八十年，其间基本上没有间断，不能说对于读书没有一点经验。我所读的书，大概都是文、史、哲方面的，特别是哲。我的经验总结起来有四点：（1）精其选，（2）解其言，（3）知其意，（4）明其理。

　　先说第一点。古今中外，积累起来的书真是多极了，真是浩如烟海。但是，书虽多，有永久价值的还是少数。可以把书分为三类，第一类是要精读的，第二类是可以泛读的，第三类是只供翻阅的。所谓精读，是说要认真地读，扎扎实实地一个字、

_____

①写于 1982 年。——编者注

一个字地读。所谓泛读，是说可以粗枝大叶地读，只要知道它大概说的是什么就行了。所谓翻阅，是说不要一个字、一个字地读，不要一句话一句话地读，也不要一页一页地读。就像看报纸一样，随手一翻，看看大字标题，觉得有兴趣的地方就大略看看，没有兴趣的地方就随手翻过。听说在中国初有报纸的时候，有些人捧着报纸，就像念四书五经一样，一字一字地高声朗诵。照这个办法，一天的报纸，念一年也念不完。大多数的书，其实就像报纸上的新闻一样，有些可能轰动一时，但是昙花一现，不久就过去了。所以，书虽多，真正值得精读的并不多。下面所说的就指值得精读的书而言。

怎样知道哪些书是值得精读的呢？对于这一个问题不必发愁。自古以来，已经有一位最公正的评选家，有许多推荐者向它推荐好书。这个选家就是时间，这些推荐者就是群众。历来的群众，把他们认为有价值的书，推荐给时间。时间照着他们的推荐，对于那些没有永久价值的书都刷下去了，把那些有永久价值的书流传下来。从古以来流传下来的书，都是经过历来群众的推荐，经过时间的选择，流传了下来。我们看见古代流传下来的书，大部分都是有价值的，我们心里觉得奇怪，怎么古人写的东西都是有价值的。其实这没有什么奇怪，他们所作的东西，也有许多没有价值的，不过这些没有价值的东西，没有为历代群众所推荐，在时间的考验上，落了选，被刷下去了。现在我们所称为"经典著作"或"古典著作"的书都是经过时间考验，流传下来的。这一类的书都是应该精读的书。当然随着时间的推移和历史的发展，这些书之中还要有些被刷下去。不过直到现在为止，它们都是榜上有名的，我们只能看现在的榜。

我们心里先有了这个数，就可随着自己的专业选定一些需要精读的书。这就是要一本、一本地读，所以在一个时间内只能读一本书，一本书读完了才能读第二本。在读的时候，先要解其言。这就是说，首先要懂得它的文字；它的文字就是它的语言。语言有中外之分，也有古今之别。就中国的汉语说，笼统地说，有现代汉语，有古代汉语，古代汉语统称为古文。详细地说，古文之中又有时代的不同，有先秦的古文，有两汉的古文，有魏晋的古文，有唐宋的古文。中国汉族的古书，都是用这些不同的古文写的。这些古文，都是用一般汉字写的，但是只认识汉字还不行。我们看不懂古人用古文写的书，古人也不会看懂我们现在的《人民日报》。这叫语言文字关。攻不破这道关，就看不见这道关里边是什么情况，不知道关里边是些什么东西，只好在关外指手画脚，那是不行的。我所说的解其言，就是要攻破这一道语言文字关。当然要攻这道关的时候，要先做许多准备，用许多工具，如字典和词典等工具书之类。这是当然的事，这里就不多谈了。中国有句老话说是"书不尽言，言不尽意"，意思是说，一部书上所写的总要比写那部书的人的话少，他所说的话总比他的意思少。一部书上所写的总要简单一些，不能像他所要说的话那样。这个缺点倒有办法可以克服，只要他不怕啰唆就可以了。好在笔墨纸张都很便宜，文章写得多一点无非是多费一点笔墨纸张，那也不是了不起的事。可是言不尽意那种困难，就没有法子克服了。因为语言总离不了概念，概念对于具体事物来说，总不会完全合适，不过是一个大概轮廓而已。比如一个人说，他牙痛。牙是一个概念，痛是一个概念，牙痛又是一个概念。其实他不仅止于牙痛而已。那个痛，有一种特别的痛法，有一定的大小范围，有一定的深度。这都是很复杂的情况，不是仅仅牙痛两个字所能说清楚的，无论怎样啰唆他也说不出来的，言不尽意的困难就在于此。所以在读书的时候，即使书中的字都认得了，话全懂了，还未必能知道做书的人的意思。从前人说，读书要注意字里行间，又说读诗要得其"弦外音，味外味"。这都是说要在文字以外体会它的精神实质。这就是知其意。司马迁说过："好学深思之士，心知其意。"意思是离不开语言文字的，但有些是语言文字所不能完全表达出来的。如果仅局限于语言文字，死抓住语言文字不放，那就成为死读书了。死读书的人就是书呆子。语言文字是帮助了解书的意思的拐棍。既然知道了那个意思以后，最好扔了拐棍。这就是古人所说的"得意妄言"。在人与人的关系中，过河拆桥是不道德的事。但是，在读书中，就是要过河拆桥。

上面所说的"书不尽言""言不尽意"之下，还可再加一句"意不尽理"。理是客观的道理；意是著书的人的主观的认识和判断，也就是客观的道理在他的主观上的反映。理和意既然有主观客观之分，意和理就不能完全相合。人总是人，不是全知全能。他的主观上的反映、体会、判断和客观的道理，总要有一定的差距，有或大或小的错误。所以读书仅得其意还不行，还要明其理，才不至于为前人的意所误。如果明其理了，我就有我自己的意。我的意当然也是主观的，也可能不完全合乎客观的理。但我可以把我的意和前人的意互相比较，互相补充，互相纠正。这就可能有一个比较正确的意。这个意是我的，我就可以用它处理事务，解决问题。好像我用我自己的腿走路，只要我心里一想走，腿就自然而然地走了。读书到这个程度就算是能活学活用，把书读活了。会读书的人能把死书读活；不会读书的人能把活书读死。把死书读活，就能把书为我所用，把活书读死，就是把我为书所用。能够用书而不为书所用，读书就算读到家了。

从前有人说过："六经注我，我注六经。"自己明白了那些客观的道理，自己有了意，把前人的意作为参考，这就是"六经注我"。不明白那些客观的道理，甚而至于没有得古人所有的意，而只在语言文字上推敲，那就是"我注六经"。只有达到"六经注我"的程度，才能真正地"我注六经"。

读　书

/ 老　舍

若是学者才准念书，我就什么也不要说了。大概书不是专为学者预备的。那么，我可要多嘴了。

从我一生下来直到如今，没人盼望我成个学者；我永远喜欢服从多数人的意见。可是我爱念书。

书的种类很多，能和我有交情的可很少。我有决定念什么的全权；自幼儿我就会逃学，愣挨板子也不肯说我爱《三字经》和《百家姓》。对，《三字经》便可以代表一类。这类书，据我看，顶好在判了无期徒刑后去念，反正活着也没多大味儿。这类书可真不少，不知道为什么，也许是犯无期徒刑罪的太多，要不然便是太少。我自己就常想杀些写这类书的人。我可是还没杀过一个，一来是因为（我才明白过来）写这样书的人敢情有好些已经死了，比如写《尚书》的那位李二哥。二来是因为现在还有些人专爱念这类书，我不便得罪人太多了。顶好，我看是不管别人；我不爱念的就不动好了。好在，我爸爸没希望我成个学者。

第二类书也与咱无缘：书上满是公式，没有一个"然而"和"所以"。据说，这类书里藏着打开宇宙秘密的小金钥匙。我倒很想明白点真理，如地球是圆的之类；可是这种书别扭，它老瞪着我。书不老老实实地当本书，瞪人干吗呀？我不能受这个气！有一回，一位朋友给我一本《相对论原理》，他说：明白这个就什么都明白了。我下了决心去念这本宝贝书。读了两个"配纸"，我遇上了一个公式。我跟它"相对"了两点多钟！往后边一看，公式还多了去啦！我知道和它们"相对"下去，它们也许不在乎，我还活着不呢？

可是我对这类书，老有点敬意。这类书和第一类有些不同，我看得出。第一类书不是没法懂，而是懂了以后使我更糊涂。以我现在的理解力（比上我七岁的时候，我现在满可以做圣人了）我能明白"人之初，性本善"，明白完了，紧跟着就糊涂了；昨儿个晚上，我还挨了小女儿（玫瑰唇的小天使）一个嘴巴。我知道这个小天使性本不善，她才两岁。第二类书根本就看不懂，可是人家的纸上没印着一句废话；懂不懂的，人家不闹玄虚，它瞪我，或者我是该瞪。我的心这么一软，便把它好好放在书架上；好打好散，别太伤了和气。

这要说到第三类书了。其实这不该算一类，就这么算吧，顺嘴。这类书是这样的：名气挺大，念过的人总不肯说它坏，没念过的人老怪害羞地说将要念。譬如说《元曲》，太炎"先生"的文章，罗马的悲剧，辛克莱的小说，《大公报》（不知是哪儿出版的一本书）都算在这类里，这些书我也都拿起来过，随手便又放下了。这里还就属那本《大公报》有点劲。我不害羞，永远不说将要念。好些书的广告与威风是很大的，我只能承认那些广告做得不错，谁管它威风不威风呢。

"类"还多着呢，不便再说；有上面的三项也就足以证明我怎样的不高明了。该说读的方法。

怎样读书，在这里，是个自觉的问题；我说我的，没勉强谁跟我学。第一，我读书没系统。借着什么，买着什么，遇着什么，就读什么。不懂得放下，使我糊涂地放下，没趣味地放下，不客气。我不能叫书管着我。第二，读得很快，而不记住，书要都叫我记住，还要书干吗？书应该记住自己。对我，最讨厌的发问是："那个典故是哪儿的呢？""那句书是怎么来着？"我永不回答这样的考问，即使我记得。我又不是印刷机器养的，管你这一套！

读得快，因为我有时候跳过几页去。不合我的意，我就练习跳远。书要是不服气的话，来跳我呀！看侦探小说的时候，我先看最后的几页，省事。第三，读完一本书，没有批评，谁也不告诉。一告诉就糟："嘿，你读《啼笑因缘》？"要大家都不读《啼笑因缘》，人家写它干吗呢？一批评就糟："尊家这点意见？"我不惹气。读完一本书再打通儿架，不上算。我有我的爱与不爱，存在我自己心里。我爱念什么就念，有什么心得我自己知道，这是种享受，虽然显得自私一点。

再说呢，我读书似乎只要求一点灵感。"印象甚佳"便是好书，我没工夫去细细分析它，所以根本便不能批评。"印象甚佳"有时候并不是全书的，而书中的一段最入我的味，因为这一段使我对这全书有了好感；其实这一段的美或者正足以破坏了全体的美，但是我不去管；有一段叫我喜欢两天的，我就感谢不尽。因此，设若我真去批评，大概是高明不了。

第四，我不读自己的书，不愿谈论自己的书。"儿子是自己的好"，我还不晓得，因为自己还没有过儿子。有个小女儿，女儿能不能代表儿子，就不得而知。"老婆是别人的好"，我也不敢加以拥护，特别是在家里。但是我准知道，书是别人的好。别人的书自然未必都好，可是至少给我一点我不知道的东西。自己的，一提都头疼！自己的书，和自己的运气，好像永远是一对儿累赘。

第五，哼，算了吧。

学生时代

/ 茅　盾

　　我们大家庭里有个家塾，已经办了好多年了。我的三个小叔子和二叔祖家的几个孩子都在家塾里念书。老师就是祖父。但是我没有进家塾，父亲不让我去。父亲不赞成祖父教的内容和教学方法。祖父教的是《三字经》《千家诗》这类老书，而且教学不认真，经常丢下学生不管，自顾出门听说书或打小麻将去了。因此，父亲就自选了一些新教材如《字课图识》《天文歌略》《地理歌略》等，让母亲来教我。所以，我的第一个启蒙老师是我母亲。

　　但是，祖父仍嫌教家塾是个负担，我七岁那年，他就把这教家塾的担子推给了我父亲。父亲那时虽然有低烧，但尚未病倒，他就一边行医，一边教这家塾。我也就因此进了家塾，由父亲亲自教我。我的几个小叔子仍旧学老课本，而我则继续学我的新学。父亲对我十分严格，每天亲自节录课本中四句要我读熟。他说：慢慢地加上去，到一天十句为止。

可是不到一年，父亲病倒了。家塾仍由祖父来教。父亲就把我送到一个亲戚办的私塾中去继续念书。这亲戚就是我曾祖母的侄儿王彦臣。王彦臣教书的特点是坐得住，能一天到晚盯住学生，不像其他私塾先生那样上午应个景儿，下午自去访友、饮茶、打牌去了，所以他的"名声"不错，学生最多时达到四五十个。王彦臣教的当然是老一套，虽然我父亲叮嘱他教我新学，但他不会教。我的同学一般都比我大，有大六七岁的，只有王彦臣的一个女儿（即我的表姑母）和我年龄差不多。这个表姑母叫王会悟，后来就是李达（号鹤鸣）的夫人。

又过了半年多，乌镇办起了第一所初级小学——立志小学，我就成为这个小学的第一班学生。立志小学校址在镇中心原立志书院旧址，大门两旁刻着一副大字对联："先立乎其大，有志者竟成"，嵌着立志二字。这立志书院是表叔卢鉴泉的祖父卢小菊创办的。卢小菊是个举人，而且高中在前五名内，所以在镇上绅缙中名望很高，他办了立志书院，任山长（院长）。现在在原校址办起立志小学，又由卢鉴泉担任校长。卢表叔那年和我父亲结伴去杭州参加乡试，中了举人，第二年到北京会试落第，就回乡当绅缙。因为他在绅缙中年纪最小，又好动，喜欢管事，办小学的事就推到了他身上。

在卢鉴泉的积极筹划下，开学那天居然到了五六十个学生。学生按年龄分为甲乙二班，大的进甲班，小的进乙班，我被分到了乙班。但上课不到十天，两班学生根据实际水平又互有调换，我调到了甲班。其实两班的课程是差不多的，只是甲班进度快些，而且一开课就学《论语》。同班同学中我的年龄最小，最大的一个有二十岁，已经结婚了。甲班有两个老师，一个是我父亲的好朋友沈听蕉，他教国文，兼教修身和历史，另一个姓翁的教算学，他不是乌镇人。国文课本用的是《速通虚字法》和《论说入门》（这是短则五六百字，长则一千字的言富国强兵之道的论文或史论），修身课本就是《论语》，历史教材是沈听蕉自己编的。至于按规定新式小学应该有的音乐、图画、体操等课程，都没有开。

那时候，父亲已卧床不起，房内总要有人侍候，所以我虽说上了学，却时时要照顾家里。好在学校就在我家隔壁，上下课的铃声听得很清楚，我听到铃声再跑去上课也来得及，有时我就干脆请假不去了。母亲怕我落下的功课太多，就自己教我，很快我就把《论语》读完了，比学校里的进度快。

《速通虚字法》帮助我造句，《论说入门》则引导我写文章。那时，学校月月有考试，单考国文一课，写一篇文章（常常是史论），还郑重其事地发榜，成绩优秀的奖赏。所以会写史论就很重要。沈听蕉先生每周要我们写一篇作文，题目经常是史论，如《秦始皇汉武帝合论》之类。他出了题目，照例要讲解几句，暗示学生怎样立论，怎样从古事论到时事。我们虽然似懂非懂，却都要争分数，自然跟着先生的指引在文章中"论古评今"。

然而我这十岁才出头的儿童实在没有这方面的知识和见解，结果，"硬地上掘蟮"，发明了一套三段论的公式：第一，将题目中的人或事叙述几句，第二，论断带感慨，第三，用一句套话来收梢，这句套话是"后之为××者可不×乎？"这是一道万应灵符，因为只要在"为"字下边填上相应的名词，如"人主""人父""人友""将帅"等等，又在"不"字之下填上"慎""戒""欢""勉"一类动词就行了。每星期写一篇史论，把我练得有点"老气横秋"了，可是也使我的作文在学校中出了名，月考和期末考试，我都能带点奖品回家。

在进立志小学的第二年夏天，父亲去世了。母亲遵照父亲的遗嘱，把全部心血倾注到我和弟弟身上。尤其对我，因为我是长子，管教极严，听得下课铃声而我还没回家，一定要查问我为什么迟到，是不是到别处去玩了。有一天，教算学的先生病了，我急着要回家，可是一个年纪比我大五六岁的同学拉着我跟他玩，我不肯，他在后面追，自己不小心在学校大院子里一棵桂树旁边跌了一跤，膝头和手腕的皮肤的表层擦破了，手腕上还出了点血。这个同学拉着我到我家中向母亲告状。母亲安慰那个同学，又给他几十个制钱，说是医治他那个早已血止的手腕。这时，我的祖母和最会挑剔的二姑母（因她排行是第二）

都在场，二姑母还说了几句讥讽母亲的话，于是母亲突然大怒，拉我上楼，关了房门，拿起从前家塾中的硬木大戒尺，便要打我。过去，母亲也打我，不过用裁衣的竹尺打手心，轻轻几下而已。如今举起这硬木的大戒尺，我怕极了，快步开了房门，直往楼下跑，还听得母亲在房门边恨声说："你不听管教，我不要你这儿子了。"我一直跑出大门到街上去了。这时惊动了全家。祖母命三叔找我。三叔找不到，回家复命。祖母更着急了，却又不便埋怨我母亲。我在街上走了一会儿，觉得还是应当回学校请沈听蕉先生替我说情。沈先生是看见那个同学自己绊了一跤的。沈先生带我到家中大门内那个小院子里，请母亲出来说话。母亲却不下楼，就在楼上面临院子的窗口听沈先生说话。沈先生说："这事我当场看见。是那孩子不好，他要追德鸿，自己绊了跤，反诬告德鸿。怕你不信，我来作证。"又说："大嫂读书知礼，岂不闻孝子事亲，小杖则受，大杖则走乎？德鸿做得对。"母亲听了，默然片刻，只说了"谢谢沈先生"就回房去了。祖母不懂沈先生那两句文言，看见母亲只说"谢谢"就回房，以为母亲仍要打我，带我到房中。这时母亲背窗而坐，祖母叫我跪在母亲膝前，我也哭着说："妈妈，打吧。"母亲泪如雨下，只说了"你的父亲若在，不用我……"就说不下去，拉我起来。

事后，我问母亲，沈先生那几句话是什么意思，母亲说："父母没有不爱子女的，管教他们是要他们学好。父母盛怒之时，用大杖打子女，如果子女不走，打伤了，岂不反而使父母痛心么？所以说大杖则走。"

从此以后，母亲不再打我了。

这年冬季，我毕业了，转入新办的植材高等小学。植材的前身是中西学堂，校址原来在乌镇郊外一二里的孔家花园里。这所谓孔家花园是个无主荒园，略加修葺，算是校舍。这中西学堂，半天学英文，半天读古文，学生都是十七八岁的小伙子，在学校住宿，平时出来，排成两列纵队，一律穿白夏布长衫、白帆布鞋，走路脚弯笔直，目不斜视，十分引人注目，尤其我们这些小学生更是羡慕得不得了。现在中西学堂改名为植材高等小学迁移到镇内，并且新建了三排洋房，地址在道教供奉太上老君的所谓"北宫"。太平军与清军在乌镇作战时，这北宫毁了大半，新建的三排洋式房子就在焚毁的空地上，包括六间教室和一间储存物理、化学教学用的器具和药品的小房。教员和学生的宿舍却在剩下的原北宫。

我进植材后，才知道教的课程已经不是原来中西学堂的英文、国文两门，而是增加了算学（代数、几何）、物理、化学、音乐、图画、体操等六七门课，又知道教英文和教新增加的课程的，都是中西学堂的高才生，毕业后由学校保送到上海进了什么速成班，一年后回来做我们的老师的。教我们英文的叫徐承焕，用的课本是内容相当深的纳氏文法第一册（按：英人纳司非尔特编的文法书共四册，最后一册讲到英文修辞学），他还兼教音乐和体操。教代数、几何的是徐的兄弟徐承奎，用的几何课本是《形学备旨》，代数课本是什么记不得了，但进度很快。

教国文的有四个老师，一个就是王彦臣，他现在不办私塾，到新学堂里来教书了，不过教的还是老一套，他教的好像是《礼记》。一个叫张济川，外镇人，他是中西学堂的高才生，由校方保送到日本留学两年回来的，他教《易经》，又兼教物理和化学，上化学课时，他在教室里做实验，使我们大开眼界。另外两个国文教师都是镇上的老秀才，一个教《左传》，一个教《孟子》。教《孟子》的姓周，虽是个秀才，却并不通，他解释《孟子》中"弃甲遗兵而走"一句，把"兵"解释为兵丁，说战败的兵，急于逃命，扔掉盔甲，肩背相磨，仓皇急走，就好像一条人的绳，被拖着走。但《孟子》的朱注明明说"兵"是武器，我们觉得他讲错了，就向他提出疑问，他硬不认错，直闹到校长那里。校长叫徐晴梅，是个领生（秀才考得好可以领一笔奖学金，称领生），也是我父亲的朋友，他大概觉得不能让老秀才在学生面前丢脸，就说："可能周先生说的是一种古本的解释吧？"

图画课在当时一般的小学校里是不容易开的，因为教师实在难找。植材小学总算找到了一个，是镇上一位专门替人画尊容的画师。那时，乌镇还见不到照相，人死后，就请画尊容的画师来画一张尊容像，留作纪念。这位画师有六十多岁了，他教我们临摹芥子园画片，说："临完了一部芥子园画片，不论是梅兰竹菊、山水、翎鸟，都有了门径。"但是他从不自己动手，只批改我们的画稿，他认为不对的地方，就赏一红杠，大书"再临一次"。

对于音乐，我是喜欢的。音乐用的是沈心工编的课本，其中有一首《黄河》共四节，现在还记得第一节是"黄河，黄河，出自昆仑山，远从蒙古地，流入长城关，古来多少圣贤，生此河干。长城外，河套边，黄沙白草无人烟，安得十万兵，长驱西北边，饮马乌梁海，策马乌拉山。"这首歌曲调悲壮，我很喜欢，但不甚懂歌词的意义，教音乐的徐先生，只教唱，不解释歌词。我问母亲。母亲为我详细解释，并及白草的典故，但乌梁海、乌拉山，母亲也不懂，只说这大概是外国的地名。

进植材的第二年上半年有所谓童生会考。前清末年废科举办学校时，普遍流传，中学毕业算是秀才，高等学校毕业算是举人，京师大学堂毕业算是进士，还钦赐翰林。所以高等小学学生自然是童生了。我记不起植材同什么高等小学会考，只记得植材这次会考是由卢鉴泉表叔主持，出的题目是《试论富国强兵之道》。我把父亲与母亲议论国家大事那些话凑成四百多字，而终之以父亲生前曾反复解释的"大丈夫当以天下为己任"。卢表叔对这句加了密圈，并作批语："十二岁小儿，能作此语，莫谓祖国无人也。"

卢表叔特地把这卷子给我的祖父看，又对祖母赞扬我。祖母把卷子给我母亲看后，仍把卷子还给卢表叔。

母亲笑着对我说："你这评论文是拾人牙慧的。卢表叔自然不知道，给你个好批语，还特地给祖父看。祖母和二姑妈常常说你该到我家的纸店做学徒了，我料想卢表叔也知道。他不便反对，所以用这方法。"又说："去年祖母不许你四叔再去县立小学，卢表叔特地来对祖父说：'这是袍料改成马褂了！'"原来我母亲为了让我继续念书受到了很大的压力。卢表叔把我童生会考的成绩到处宣扬，也是为了帮助我母亲减轻一点压力，使母亲能按照我父亲的遗嘱去做。

我在植材是寄宿的。寄宿生和教师同桌吃饭，肴馔比较好。母亲不惜每月交四元的膳宿费，就是为了使我的营养好一点。因为祖母当家，实际是二姑妈做主，每月初一、十六、初八、二十三，才吃肉，而且祖母和三个叔父两个姑妈，加上母亲、弟弟和我，即使大碗大块肉，每人所得不多，何况只是小碗，薄薄的几片呢？二姑妈背后说母亲每月花四元是浪费，但钱是母亲的，二姑妈也无可奈何。

这年冬天我患过一次梦游病（家乡土语"活走尸"）。事情经过如下：我的本家叔叔娶亲，我去吃喜酒，随同大家闹新房，直到夜间十二点回家，第二天早上匆匆到植材上课。中饭后我在会计的房内藤椅上躺下，忽又起来低头出校而去，校中以为我有事，因而不问。但我自己，这一切都不知道，只是忽然到了我家门前，这才奇怪为什么又在家门前了。家里人知道是"活走尸"，讲了许多离奇古怪的老古话，例如"活走尸"倘在路上被人一碰就会倒地不起，就此死去；又如"活走尸"倘遇河道，也不知是河而跳下去，就此淹死等等。母亲却以为梦游是睡眠不足之故，从此不许我熬夜，睡觉时间限在晚上九点。

我的读书经验

/蔡元培

我自十余岁起，就开始读书。读到现在，将满六十年了，中间除大病或其他特别原因外，几乎没有一日不读点书的。然而我没有什么成就，这是读书不得法的缘故。我把不得法的概略写出来，可以作前车之鉴。

我的不得法，第一是不能专心。我初读书的时候，读的都是旧书，不外乎考据、辞章两类。我的嗜好，在考据方面，是偏于训诂及哲理的，对于典章名物，是不大耐烦的；在辞章上，是偏于散文的，对于骈文及诗词，是不大热心的。然而以一物不知为耻，种种都读，并且算学书也读，医学书也读，都没有读通。所以我曾经想编一部《说文声系义证》，又想编一本《公羊春秋大义》，都没有成书。所为文辞，不但骈文、诗词，没有一首可存的，就是散文也太平凡了。到了四十岁以后，我开始学德文，后来又学法文，我都没有好好儿做那记生字、练文法的苦工，而就是生吞活剥地看书，所以至今不能写一篇合格的文章，做一回短期的演说。在德国进大学听讲以后，哲学史、文学史、文明史、心理学、美学、美术史、民族学，统统去听，那时候，这几类的参考书，也就乱读起来了。后来虽勉自收缩，以美学与美术史为主，辅以民族学，然而这类的书终不能割爱，所以想译一本美学，想编一部比较的民族学，也都没有成书。

我的不得法，第二是不能勤笔。我的读书，本来抱一种利己主义，就是书里面的短处，我不大去搜寻它，我只注意于我所认为有用的或可爱的材料。这本来不算坏。但是我的坏处，就是我虽读的时候注意于这几点，但往往为速读起见，无暇把这几点摘抄出来，或在书上做一点特别的记号。若是有时候想起来，除了德文书检目特详，尚易检寻外，其他的书，几乎不容易寻到了。我国现在有人编"索引""引得"等等。又专门的辞典，也逐渐增加，寻检较易。但各人有各自的注意点，普通的检目，断不能如自己记别的方便。我尝见胡适之先生有一个时期出门常常携一两本线装书，在舟车上或其他忙里偷闲时翻阅，见到有用的材料，就折角或以铅笔做记号。我想他回家后或者尚有摘抄的手续。我记得有一部笔记，说王渔洋读书时，遇有新隽的典故或词句，就用纸条抄出，贴在书斋壁上，时时览读，熟了就揭去，换上新得的，所以他记得很多。这虽是文学上的把戏，但科学上何尝不可以仿做呢？我因为从来懒得动笔，所以没有成就。

我的读书的短处，我已经经验了许多的不方便，特地写出来，望读者鉴于我的短处，第一能专心，第二能勤笔。这一定有许多成效。

贰

做文先做人，学问即人生

谈读书

／周国平

读书犹如采金。有的人是沙里淘金，读破万卷，小康而已。有的人是点石成金，随手翻翻，便成巨富。

书籍少的时候，我们往往从一本书中读到许多东西。我们读到书中有的东西，还读出了更多的书中没有的东西。

如今书籍愈来愈多，我们从书中读到的东西却愈来愈少。我们对书中有的东西尚且挂一漏万，更无暇读出书中没有的东西了。

自我是一个凝聚点。不应该把自我溶解在大师们的作品中，而应该把大师们的作品吸收到自我中来。对于自我来说，一切都只是养料。

有两种人不可读太多的书：天才和白痴。天才读太多的书，就会占去创造的工夫，甚至窒息创造的活力，这是无可弥补的损失。白痴读书愈多愈糊涂，愈发不可救药。

天才和白痴都不需要太多的知识，尽管原因不同。倒是对于处在两极之间的普通人，知识较为有用，可以弥补天赋的不足，可以发展实际的才能。所谓"貂不足，狗尾续"，而貂已足和没有貂者是用不着续狗尾的。

要读好书，一定要避免读坏书。所谓坏书，主要是指那些平庸的书。读坏书不但没有收获而且损失莫大。一个人平日读什么书，会在听觉中形成一种韵律，当他写作的时候，他就会不由自主地跟着这韵律走。因此，大体而论，读书的档次决定了写作的档次。

对我们影响最大的书往往是我们年轻时读的某一本书，它的力量多半不缘于它自身，而缘于它介入我们生活的那个时机。那是一个最容易受影响的年龄，我们好歹要崇拜一个什么人，如果没有，就崇拜一本什么书。后来重读这本书，我们很可能对它失望，并且诧异当初它何以使自己如此心醉神迷。但我们不必惭愧，事实上那是我们的精神初恋，而初恋对象不过是把我们引入精神世界的一个诱因罢了。当然，同时它也是一个征兆，我们早期着迷的书的性质大致显示了我们的精神类型，预示了我们后来精神生活的走向。

年长以后，书对我们很难再有这般震撼效果了。无论多么出色的书，我们和它都保持着一个距离。或者是我们的理性已经足够成熟，或者是我们的情感已经足够迟钝，总之我们已经过了精神初恋的年龄。

读书使人优美

/ 毕淑敏

优美在字典上的意思是：美好。

做一个美好的人，我相信是绝大多数人的心愿。除了心灵的美好，外表也需美好。为了这分美好，人们使出了万千手段。比如刀兵相见的整容，比如涂脂抹粉的化妆。为了抚平脸上的皱纹，竟然发明了用肉毒杆菌的毒素在眉眼间注射，让我这个曾经当过医生的人，胆战心惊。

其实，有一个最简单的美容之法，却被人们忽视，那就是读书啊！

读书的时候，人是专注的。因为你在聆听一些高贵的灵魂自言自语，不由自主地谦逊和聚精会神。即使是读闲书，看到妙处，也会忍不住拍案叫绝……长久的读书可以使人养成恭敬的习惯，知道这个世界上可以为师的人太多了，在生活中也会沿袭洗耳倾听的姿态。而倾听，是让人神采倍添的绝好方式。所有的人都渴望被重视，而每一个生命也都不应被忽视。你重视了他人，魅力就降临在你的双眸了。

读书的时候，常常会会心一笑，那些智慧和精彩，那些英明与穿透，让我们在惊叹的同时拈页展颜。微笑是最好的敷粉和装点，微笑可以传达比所有的语言更丰富的善意与温暖。有人觉得微笑很困难，以为是一个如何掌控面容的技术性问题，其实不然。不会笑的人，我总疑心是因为书读得不够广博和投入。

书是一座快乐的富矿，储存了大量的浓缩的欢愉因子，当你静夜抚卷的时候，那些因子如同香氛蒸腾，迷住了你的双眼，你眉飞色舞，中了蛊似的笑了起来，独享其乐。也许有人说，我读书的时候，时有哭泣呢！哭，其实也是一种广义的微笑，因为灵魂在这一个瞬间舒展，尽情宣泄。告诉你一个小秘密：我大半生中的快乐累加一处，都抵不过我在书中得到的欢愉多。而这种欣悦，是多么简便和利于储存啊，物美价廉重复使用，且永不磨损。

读书让我们知道了天地间很多奥秘，而且知道还有更多奥秘，不曾被人揭露，我们就不敢用目空一切的眼神睥睨天下。你在书籍里看到了无休无止的时间流淌，你就不敢奢侈，不敢口出狂言。自知是一切美好的基石。当你把他人的聪慧加上你自己的理解，恰如其分地轻轻说出的时候，你的红唇就比任何美丽色彩的涂抹，都更加光艳夺目。

你想美好吗？你就读书吧。不需要花费很多的金钱，但要花费很多的时间。坚持下去，持之以恒，优美就像五月的花环，某一天飘然而至，簇拥你颈间。

天下第一好事，还是读书

/季羡林

古今中外赞美读书的名人和文章，多得不可胜数。张元济先生有一句简单朴素的话："天下第一好事，还是读书。""天下"而又"第一"，可见他对读书重要性的认识。

为什么读书是一件"好事"呢？

也许有人认为，这问题提得幼稚而又突兀。这就等于问"为什么人要吃饭"一样，因为没有人反对吃饭，也没有人说读书不是一件好事。

但是，我却认为，凡事都必须问一个"为什么"，事出都有因，不应当马马虎虎，等闲视之。现在就谈一谈我个人的认识，谈一谈读书为什么是一件好事。

凡是事情古老的，我们常常说"自从盘古开天地"。我现在还要从盘古开天地以前谈起，从人类脱离了兽界进入人界开始谈。人成了人以后，就开始积累人的智慧，这种智慧如滚雪球，越滚越大，也就是越积越多。禽兽似乎没有发现有这种本领，一只蠢猪一万年以前是这样蠢，到了今天仍然是这样蠢，没有增加什么智慧。人则不然，不但能随时增加智慧，而且根据我的观察，增加的速度越来越快，有如物体从高空下坠一般。到了今天，达到了知识爆炸的水平。最近一段时间以来，"克隆"使全世界的人都大吃一惊。有的人竟忧心忡忡，不知这种技术发展"伊于胡底"。信耶稣教的人担心将来一旦"克隆"出来了人，他们的上帝将向何处躲藏。

　　人类千百年以来保存智慧的手段不出两端，一是实物，比如长城等，二是书籍，以后者为主。在发明文字以前，保存智慧靠记忆；文字发明了以后，则使用书籍。把脑海里记忆的东西搬出来，搬到纸上，就形成了书籍，书籍是贮存人类代代相传的智慧的宝库。后一代的人必须读书，才能继承和发扬前人的智慧。人类之所以能够进步，永远不停地向前迈进，靠的就是能读书又能写书的本领。我常常想，人类向前发展，有如接力赛跑，第一代人跑第一棒；第二代人接过棒来，跑第二棒，以至第三棒、第四棒，永远跑下去，永无穷尽，这样智慧的传承也永无穷尽。这样的传承靠的主要就是书，书是事关人类智慧传承的大事，这样一来，读书不是"天下第一好事"又是什么呢？

但是，话又说回来，中国历代都有"读书无用论"的说法，读书的知识分子，古代通称之为"秀才"，常常成为取笑的对象，比如说什么"秀才造反，三年不成"，是取笑秀才的无能。这话不无道理。在古代——请注意，我说的是"在古代"，今天已经完全不同了——造反而成功者几乎都是不识字的痞子流氓，中国历史上两个马上皇帝，开国"英主"，刘邦和朱元璋，都属此类。诗人只有慨叹"刘项原来不读书"。"秀才"最多也只有成为这一批地痞流氓的"帮忙"或者"帮闲"，帮不上的，就只好慨叹"儒冠多误身"了。

但是，话还要再说回来，中国悠久的优秀的传统文化的传承者，是这一批地痞流氓，还是"秀才"？答案皎如天日。这一批"读书无用论"的现身"说法"者的"高祖""太祖"之类，除了镇压人民剥削人民之外，只给后代留下了什么陵之类，供今天搞旅游的人赚钱而已。他们对我们国家竟无贡献可言。

总而言之，"天下第一好事，还是读书"。

漫谈读书

/ 梁实秋

我们现代人读书真是幸福。古者，"著于竹帛谓之书"，竹就是竹简，帛就是缣素。书是稀罕而珍贵的东西。一个人若能垂于竹帛，便可以不朽。孔子晚年读《易》，韦编三绝，用韧皮贯联竹简，翻来翻去以至于韧皮都断了，那时候读书多么吃力！后来有了纸，有了毛笔，书的制作比较方便，但在印刷之术未行以前，书的流传完全是靠抄写。我们看看唐人写经，以及许多古书的抄本，可以知道一本书得来非易。自从有了印刷术，刻板、活字、石印、影印，乃至于显微胶片，读书的方便无以复加。

物以稀为贵。但是书究竟不是普通的货物。书是人类的智慧的结晶，经验的宝藏，所以尽管如今满坑满谷的都是书，书的价值不是用金钱可以衡量的。价廉未必货色差，畅销未必内容好。书的价值在于其内容的精到。宋太宗每天读《太平御览》等书二卷，漏了一天则以后追补，他说："开卷有益，朕不以为劳也。"这是"开卷有益"一语之由来。《太平御览》采集群书1600余种，分为55门，历代典籍尽萃于是，宋太宗日理万机之暇日览两卷，当然可以说是"开卷有益"。如今我们的书太多了，纵不说粗制滥造，至少是种类繁多，接触的方面甚广。我们读书要有抉择，否则不但无益而且浪费时间。

那么读什么书呢？这就要看个人的兴趣和需要。在学校里，如果能在教师里遇到一两位有学问的，那是最幸运的事，他能适当地指点我们读书的门径。离开学校就只有靠自己了。读书，永远不恨其晚。晚，比永远不读强。有一个原则也许是值得考虑的：作为一个道地的中国人，有些书是非读不可的。这与行业无关。理工科的、财经界的、文法门的，都需要读一些蔚成中国文化传统的书。经书当然是其中重要的一部分，史书也一样的重要。盲目地读经不可以提倡，意义模糊的所谓"国学"亦不能餍现代人之望。一系列的古书是我们应该以现代眼光去了解的。

黄山谷说："人不读书，则尘俗生其间，照镜则面目可憎，对人则语言无味。"细味其言，觉得似有道理。事实上，我们所看到的人，确实是面目可憎语言无味的居多。我曾思索，其中因果关系安在？何以不读书便面目可憎语言无味？我想也许是因为读书等于是尚友古人，而且那些古人著书立说必定是一时才俊，与古人不知不觉受其熏染，终乃收改变气质之功，境界既高，胸襟既广，脸上自然透露出一股清醇爽朗之气，无以名之，名之曰书卷气。同时在谈吐上也自然高远不俗。反过来说，人不读书，则所为何事，大概是陷身于世网尘劳，困厄于名缰利锁，五烧六蔽，苦恼烦心，自然面目可憎，焉能语言有味？

当然，改变气质不一定要靠读书。例如，艺术家就另有一种修为。"伯牙学琴于成连先生，三年不成。成连言吾师方子春今在东海中，能移人情。乃与伯牙俱往，至蓬莱山，留伯牙宿，曰：'子居习之，吾将迎之。'刺船而去，旬时不返。伯牙延望无人，但闻海水洞涌，山林杳冥，群鸟悲号，怆然叹曰：'先生将移我情。'乃援琴而歌，曲成，成连刺船迎之而返。伯牙之琴，遂妙天下。"这一段记载，写音乐家之被自然改变气质，虽然神秘，不是不可理解的。禅宗教外别传，根本不立文字，靠了顿悟即能明心见性。这究竟是生有异禀的人之超绝的成就。以我们一般人而言，最简便的修养方法是读书。

书，本身就是情趣，可爱。大大小小形形色色的书，立在架上，放在案头，摆在枕边，无往而不宜。好的版本尤其可喜。我对线装书有一分偏爱。吴稚晖先生曾主张把线装书一律丢在茅厕坑里，这偏激之言令人听了不大舒服。如果一定要丢在茅厕坑里，我丢洋装书，舍不得丢线装书。可惜现在线装书很少见了，就像穿长袍的人一样的稀罕。几十年前我搜求杜诗版本，看到古逸丛书影印宋版蔡孟弼《草堂诗笺》，真是爱玩不忍释手，想见原本之版面大，刻字精，其纸张墨色亦均属上选。在校勘上笺注上此书不见得有多少价值，可是这部书本身确是无上的艺术品。

认真读书改造世界观

／梁漱溟

　　毛主席说过世界上怕就怕"认真"二字，共产党就最讲"认真"。说读书要认真，其意不同于努力读书。努力读书、下劲读书是主观一面的事，而读书认真不认真含有客观的意义。我以为其意义正应该本着《实践论》和《人的正确思想是从哪里来的》去寻求去了解。读书而不认真，就不能改造世界观，改造思想。

　　照我看，认真读书的这个认真可以分为三层或三点意思。

　　第一，先说书是什么？书上有许多文字符号，它代表着人的语言、说话。人说话不是平白无故的，总是在解答什么问题，叫人明白一件事物或明白一个道理。既然书上所写亦即所说的都在解答问题，解决从不知到知的矛盾，所以第一是要带着问题学，不要泛泛地读书，要为解决一个什么问题而读书。这样读书就读得进去，读得入，就不会书是书，你是你。就会在你的世界观起影响。

我可以用我一生的生活经验来说明。我只不过是一个中学生，没进大学，更没有去东西洋留学。中学里没有哲学一门课，而且当我念中学时还没有听见"哲学"一名词；哲学这名词是从外国输入的，旧书中没有。我原不知道什么是哲学，也从来没有想过哲学，但后来却到大学里讲哲学了。为何能如此？就为我十几岁就对人生抱疑问，从人生的怀疑、烦闷，不知不觉有些思想见解。当我对人讲说时，人家告诉我说："你讲的是哲学。"问题在先，道理在后，有问题地读书，要为解决一个什么问题而读书。这样读书就读得进去，读得入，就不会书是书，你是你，就会在你的世界观起影响。

赵奢之子赵括的故事。毛主席没有学过军事，从战争学战争，从游泳中学游泳。此即一定要实践，从实践中得经验，才有所谓感性认识、理性认识那些。是否我们就去实践好了，不必读书呢？这不好，这没有借用前人的经验。一切都从头来，就一个人说太费力气，就社会说将没有进步。物理、化学上的学理都是前人的发明、发现、创造，留给后人，这一代一代愈来愈进步。书上所记的都是前人认识出来，告诉你，你也可以做些物理、化学的实验，也就能得到许多学理，不必再从头来过。

读书的必要在此，进学校的必要在此。因此后来人的知识多过前人。但要利用前人的经验，需要多少实践一下，把书本中所说的话还原到事实上去。没有抓到事实，那不过是空话，或者是一种猜想。赵括善读父书，不会打仗，正是没有还原到事实，停留在抽象道理上，只会说不会做。所以第二就是要做还原功夫，还到所代表的原来那种事实上去。

再以我的读书为例来说明以上的话。我没有读旧书"四书五经"，更没有看过《朱子集注》，《论语》上孔子自己说："吾十有五而志于学，三十而立，四十而不惑，五十而知天命，六十而耳顺，七十而从心所欲，不逾矩。"前人皆于此有其解释，因为你并不知道孔子所说话的内容事实，孔子当他三十岁时也还不知道他四十岁的事情，当四十岁时不知道他五十岁的事，六十七十皆如此。你不是孔子，又没有六七十岁，你何能知道？你不过从字面上去猜想，这不行。那么，是否我们完全不知道这章书所说的是什么呢？也还可以知道一点。那就是孔子所志之学不是物理、化学，不是植物学、动物学乃至一切科学都不是，也非政治经济学或其他社会科学，亦不是哲学、文学、史学……所有今天大学里各门学科都不是，而是他自己生命上、生活上一种学问，自少年时代以至老年有所进步。孔子的学问是人生生活之学。此可以孔子称赞他最好的学生的话来做证明："有颜回者好学，不迁怒，不贰过，今也则亡。"何谓"不迁怒，不贰过"？前人都加讲解，其实都猜想得不对。不过我们知道他所好的学问不是别的学问，而是孔子到老所致力的那种人生生活之学（此可以产生哲学，但非即哲学）。——以上说明读书要做还原功夫，就是还归到事实上，不要停留在名词概念上。

可惜我读书不总是十分认真的，有时候不够认真。过去对于马克思主义的书就没有认真读。马克思学说传入中国，主要在莫斯科一声炮响之后，即在五四运动时期。那时介绍它的是陈独秀，传播它的是北京大学。毛主席也是在那时候接触到马克思主义的，我那时正在北大。不是没有看到马克思主义的书，特别是到1927年前后即国共合作，国民革命军北伐，马克思主义在思想界势力很大。我是一个抱着中国问题求答案的人，怎能不注意呢？这里正好附带声明一句：我从来不是为求学问当一个学者而读书。只为自己有两大问题在逼迫我，才找书来看的，看书是为解答自己的问题。自己的问题除了一个人生问题引我进入哲学之门外，中国的衰弱快灭亡则引我去留心政治经济这一类社会科学各书。这样亦就不知不觉学得一些这方面的知识，仍然常带着问题学的。例如当时有康梁的立宪派，有孙黄的革命派，我开头就是留心两派的言论，再引入去看、比较专门的政治经济学的书。我也有共产党的朋友如李大钊。虽然当时马克思主义的书还不多，翻译得不够好，但由于我不重视它，粗心大意地以为它不适合于中国之用。当时恰好马氏学说中又有"亚细亚生产方式"一说法，把东方社会的发展史另眼看待。再加以1928年后连续几年的中国社会史论战，到今天也还不能把中国秦汉以后的中国社会性质搞清楚，这些都使我对马学不深求，特别是毛主席出人意外地发展了马克思主义——农村包围城市，他不是根据书本，不是从教条公式出发，而是活学活用，这才真是善于读书，即读书认真而成功的。古人说："尽信书不如无书。"

因此，认真读书的第三条就是领会书中的意思而活用于解决实际问题上，如列宁所再三说的"马克思主义是行动的指南"。（同见于斯大林语言学一书末尾的话。）

谈读书

／朱光潜

十几年前我曾经写过一篇短文谈读书，这问题实在是谈不尽，而且这些年来我的见解也有些变迁，现在再就这问题谈一回，趁便把上次谈学问有未尽的话略加补充。

学问不只是读书，而读书究竟是学问的一个重要途径。因为学问不仅是个人的事而是全人类的事，每科的学问到了现在的阶段，是全人类分途努力日积月累所得到的成就，而这成就还没有淹没，就全靠有书籍记载流传下来。书籍是过去人类的精神遗产的宝库，也可以说是人类文化学术前进轨迹上的记程碑。我们就现阶段的文化学术求前进，必定根据过去人类已得的成就做出发点。如果抹杀过去人类已得的成就，我们说不定要把出发点移回到几百年前甚至几千年前，纵然能前进，也还是开倒车落伍。读书是要清算过去人类成就的总账，把几千年的人类思想经验在短促的几十年内重温一遍，把过去无数亿万人辛苦获来的知识教训集中到读者一个人身上去受用。有了这种准备，一个人总能在学问途程上作万里长征，去发现新的世界。

历史愈前进，人类的精神遗产愈丰富，书籍愈浩繁，而读书也就愈不易。书籍固然可贵，却也是一种累赘，可以变成研究学问的障碍。它至少有两大流弊。第一，书多易使读者不专精。我国古代学者因书籍难得，皓首穷年才能治一经，书虽读得少，读一部却就是一部，口诵心惟，咀嚼得烂熟，透入身心，变成一种精神的原动力，一生受用不尽。现在书籍易得，一个青年学者就可夸口曾过目万卷，"过目"的虽多，"留心"的却少，譬如饮食，不消化的东西积得愈多，愈易酿成肠胃病，许多浮浅虚骄的习气都由耳食肤受所养成。其次，书多易使读者迷方向。任何一种学问的书籍现在都可装满一图书馆，其中真正绝对不可不读的基本著作往往不过数十部甚至于数部。许多初学者贪多而不务得，在无足轻重的书籍上浪费时间与精力，就不免把基本要籍耽搁了；比如学哲学者尽管看过无数种的哲学史和哲学概论，却没有看过一种柏拉图的《对话集》，学经济学者尽管读过无数种的教科书，却没有看过亚当·斯密的《原富》。做学问如作战，须攻坚挫锐，占住要塞。目标太多了，掩埋了坚锐所在，只东打一拳，西踢一脚，就成了"消耗战"。

读书并不在多，最重要的是选得精，读得彻底。与其读十部无关轻重的书，不如以读十部书的时间和精力去读一部真正值得读的书；与其十部书都只能泛览一遍，不如取一部书精读十遍。"好书不厌百回读，熟读深思子自知"，这两句诗值得每个读书人悬为座右铭。读书原为自己受用，多读不能算是荣誉，少读也不能算是羞耻。少读如果彻底，必能养成深思熟虑的习惯，涵泳优游，以至于变化气质；多读而不求甚解，则如驰骋十里洋场，虽珍奇满目，徒惹得心慌意乱，空手而归。世间许多人读书只为装点门面，如暴发户炫耀家私，以多为贵。这在治学方面是自欺欺人，在做人方面是趣味低劣。读的书当分种类，一种是为获得世界公民所必需的常识，一种是为做专门学问。为获常识起见，目前一般中学和大学初年级的课程，如果认真学习，也就很够用。所谓认真学习，熟读讲义课本并不济事，每科必须精选要籍三五种来仔细玩索一番。常识课程总共不过十数种，每种选读要籍三五种，总计应读的书也不过五十部左右。这不能算是过奢的要求。一般读书人所读过的书大半不止此数，他们不能得实益，是因为他们没有选择，而阅读时又只潦草滑过。

常识不但是世界公民所必需，就是专门学者也不能缺少它。近代科学分野严密，治一科学问者多故步自封，以专门为借口，对其他相关学问毫不过问。这对于分工研究或许是必要，而对于淹通深造却是牺牲。宇宙本为有机体，其中事理彼此息息相关，牵其一即动其余，所以研究事理的种种学问在表面上虽可分别，在实际上却不能割开。世间绝没有一科孤立绝缘的学问。比如政治学须牵涉到历史、经济、法律、哲学、心理学以至于外交、军事等等，如果一个人对于这些相关学问未曾问津，入手就要专门习政治学，愈前进必愈感困难，如老鼠钻牛角，愈钻愈窄，寻不着出路。其他学问也大抵如此，不能通就不能专，不能博就不能约。先博学而后守约，这是治任何学问所必守的程序。我们只看学术史，凡是在某一科学问上有大成就的人，都必定于许多它科的学问有深广的基础。目前我国一般青年学子动辄喜言专门，以至于许多专门学者对于极基本的学科毫无常识，这种风气也许是在国外大学做博士论文的先生们所酿成的。它影响到我们的大学课程，许多学系所设的科目"专"到不近情理，在外国大学研究院里也不一定有。这好像逼吃奶的小孩去嚼肉骨，岂不是误人子弟？

有些人读书，全凭自己的兴趣。今天遇到一部有趣的书就把预拟做的事丢开，用全部精力去读它；明天遇到另一部有趣的书，仍是如此办，虽然这两书在性质上毫不相关。一年之中可以时而习天文，时而研究蜜蜂，时而读莎士比亚。在旁人认为重要而自己不感兴味的书都一概置之不理，这种读法有如打游击，亦如蜜蜂采蜜。它的好处在使读书成为乐事，对于一时兴到的著作可以深入，久而久之，可以养成一种不平凡的思路与胸襟。它的坏处在使读者泛滥而无所归宿，缺乏专门研究所必需的"经院式"的系统训练，产生畸形的发展，对于某一方面知识过于重视，对于另一方面知识可以很蒙昧。我的朋友中有专门读冷僻书籍，对于正经正史从未过问的，他在文学上虽有造就，但不能算是专门学者。如果一个人有时间与精力允许他过享乐主义的生活，不把读书当作工作而只当作消遣，这种蜜蜂采蜜式的读书法原亦未尝不可采用。但是一个人如果抱有成就一种学问的志愿，他就不能不有预定计划与系统。对于他，读书不仅是追求兴趣，尤其是一种训练，一种准备。有些有趣的书他须得牺牲，也有些初看很枯燥的书他必须咬定牙关去硬啃，啃久了他自然还可以啃出滋味来。

读书必须有一个中心去维持兴趣，或是科目，或是问题。以科目为中心时，就要精选那一科要籍，一部一部的从头读到尾，以求对于该科得到一个概括的了解，做进一步高深研究的准备。读文学作品以作家为中心，读史学作品以时代为中心，也属于这一类。以问题为中心时，心中先须有一个待研究的问题，然后采关于这问题的书籍去读，用意在搜集材料和诸家对于这问题的意见，以供自己权衡去取，推求结论。重要的书仍须全看，其余的这里看一章，那里看一节，得到所要搜集的材料就可以丢手。这是一般做研究工作者所常用的方法，对于初学不相宜。不过初学者以科目为中心时，仍可约略采取以问题为中心的微意。一书作几遍看，每一遍只着重某一方面。苏东坡与王郎书曾谈到这个方法：

"少年为学者，每一书皆作数次读之。当如入海百货皆有，人之精力不能并收尽取，但得其所欲求者耳。故愿学者每一次作一意求之，如欲求古今兴亡治乱圣贤作用，且只作此意求之，勿生余念；又别作一次求事迹文物之类，亦如之。他皆仿此。若学成，八面受敌，与慕涉猎者不可同日而语。"

朱子尝劝他的门人采用这个方法。它是精读的一个要诀，可以养成仔细分析的习惯。举看小说为例，第一次但求故事结构，第二次但注意人物描写，第三次但求人物与故事的穿插，以至于对话、辞藻、社会背景、人生态度等等都可如此逐次研求。

读书要有中心，有中心才易有系统组织。比如看史书，假定注意的中心是教育与政治的关系，则全书中所有关于这问题的史实都被这中心联系起来，自成一个系统。以后读其他书籍如经子专集之类，自然也常遇着关于政教关系的事实与理论，它们也自然归到从前看史书时所形成的那个系统了。一个人心里可以同时有许多系统中心，如一部字典有许多"部首"，每得一条新知识，就会依物以类聚的原则，汇归到它的性质相近的系统里去，就如拈新字帖进字典里去，是人旁的字都归到人部，是水旁的字都归到水部。大凡零星片断的知识，不但易忘，而且无用。每次所得的新知识必须与旧有的知识联络贯串，这就是说，必须围绕一个中心归聚到一个系统里去，才会生根，才会开花结果。

记忆力有它的限度，要把读过的书所形成的知识系统，原本枝叶都放在脑里储藏起来，在事实上往往不可能。如果不能储藏，过目即忘，则读亦等于不读。我们必须于脑以外另辟储藏室，把脑所储藏不尽的都移到那里去。这种储藏室在从前是笔记，在现代是卡片。记笔记和做卡片有如植物学家采集标本，须分门别类订成目录，采得一件就归入某一门某一类，时间过久了，采集的东西虽极多，却各有班位，条理井然。这是一个极合乎科学的办法，它不但可以节省脑力，储有用的材料，供将来的需要，还可以增强思想的条理化与系统化。预备做研究工作的人对于记笔记做卡片的训练，宜于早下功夫。

治国学杂话

/ 梁启超

学生做课外学问是最必要的，若只求讲堂上功课及格，便算完事，那么，你进学校，只是求文凭，并不是求学问，你的人格，先已不可问了。再者，此类人一定没有"自发"的能力，不特不能成为一个学者，亦断不能成为社会上治事领袖人才。

课外学问，自然不专指读书，如试验，如观察自然界，都是极好的。但读课外书，最少要算课外学问的主要部分。

一个人总要养成读书趣味。打算做专门学者，固然要如此，打算做事业家，也要如此。因为我们在工厂里，在公司里，在议院里，做完一天的工作出来之后，随时立刻可以得着愉快的伴侣，莫过于书籍，莫便于书籍。但是将来这种愉快得着得不着，大概是在学校时代已经决定，因为必须养成读书习惯，才能尝着读书趣味。人生一世的习惯，出了学校门限，已经铁铸成了。所以在学校中，不读课外书，以养成自己自动的读书习惯，这个人简直是自己剥夺自己终身的幸福。

读书自然不限于读中国书，但中国人对于中国书，最少也该和外国书作平等待遇。你这样待遇他，他给回你的愉快报酬，最少也和读外国书所得的有同等分量。

中国书没有整理过，十分难读，这是人人公认的。但会做学问的人，觉得趣味就在这一点。吃现成饭，是最没有意思的事，是最没有出息的人才喜欢的。一种问题，被别人做完了，四平八稳地编成教科书样子给我读，读去自然是毫不费力，但这不费力上头的结果，便令我的心思不细致不刻入。专门喜欢读这类书的人，久而久之，会把自己创作的才能汩没哩。在纽约、芝加哥笔直的马路、崭新的洋房里舒舒服服混一世，这个人一定是过得毫无意味的平庸生活。若要过有意味的生活，须是哥伦布初到美洲时。

中国学问界，是千年未开的矿穴，矿苗异常丰富。但非我们亲自绞脑筋、绞汗水，却开不出来。反过来看，只要你绞一分脑筋、一分汗水，当然还你一分成绩，所以有趣。

所谓中国学问界的矿苗，当然不专指书籍，自然界和社会实况，都是极重要的。但书籍为保存过去原料之一种宝库，且可为现在各实测方面之引线。就这点看来，我们对于书籍之浩瀚，应该欢喜谢它，不应该厌恶它。因为我们的事业，比方要开工厂，原料的供给，自然是越丰富越好。

读中国书，自然像披沙拣金，沙多金少。但我们若把他做原料看待，有时寻常人认为极无用的书籍和语句，也许有大功用。须知工厂种类多着呢，一个厂里头还有许多副产物哩，何止金有用，沙也有用。

若问读书方法，我想向诸君上一个条陈，这方法是极陈旧的极笨极麻烦的，然而实在是极必要的。什么方法呢？是抄录或笔记。

我们读一部名著，看见他征引那么繁博，分析那么细密，动辄伸着舌头说道，这个人不知有多大记忆力，记得许多东西，这是他的特别天才，我们不能学步了。其实哪里有这回事，好记性的人不见得便有智慧，有智慧的人，比较的倒是记性不甚好，你所看见者是他发表出来的成果，不知他这成果，原是从铢积寸累、困知勉行得来。大抵凡一个大学者平日用功，总是有无数小册子或单纸片，读书看见一段资料，觉其有用者即刻抄下（短的抄全文，长的摘要记书名卷数页数）。资料渐渐积得丰富，再用眼光来整理分析他，便成一篇名著。想着这种痕迹，读赵瓯北的《二十二史札记》、陈兰甫的《东塾读书记》，最容易看出来。

这种工作，笨是笨极了，苦是苦极了，但真正做学问的人，总离不了这条路。做动植物的人，懒得采集标本，说他会有新发明，天下怕没有这种便宜事。

发明的最初动机在注意，抄书便是促醒注意及继续保存注意的最好方法。当读一书时，忽然感觉这一段资料可注意，把它抄下，这件资料，自然有一微微的印象印入脑中，和滑眼看过不同。经过这一番后，过些时碰着第二个资料和这个有关系的，又把它抄下，那注意便加浓一度。经过几次之后，每翻一书，遇有这项资料，便活跃在纸上，不必劳神费力去找了，这是我多年经验得来的实况。诸君试拿一年工夫去试试，当知我不说谎。

先辈每教人不可轻言著述，因为未成熟的见解公布出来，会自误误人，这原是不错的。但青年学生"斐然当述作之誉"，也是实际上鞭策学问的一种妙用。譬如同是读《文献通考》的钱币考，各史食货志中钱币项下各文，泛泛读去，没有什么所得。倘若你一面读，一面便打主意做一篇《中国货币沿革考》，这篇考做得好不好另一问题，你所读的自然加几倍受用。

譬如同读一部《荀子》，某甲泛泛读去，某乙一面读，一面打主意做部《荀子学案》，读过之后，两个人的印象深浅，自然不同。所以我很奖励青年好著书的习惯，至于所著的书，拿不拿给人看，什么时候才能成功，这还不是你的自由吗？

每日所读之书，最好分两类，一类是精读的，一类是涉览的，因为我们一面要养成读书心细的习惯，一面要养成读书眼快的习惯。心不细则毫无所得，等于白读。眼不快则时候不够用，不能博搜资料。诸经、诸子、《四史》《通鉴》等书，宜入精读之部，每日指定某时刻读它，读时一字不放过，读完一部才读别部，想抄录的随读随抄。另外指出一时刻，随意涉览，觉得有趣，注意细看，觉得无趣，便翻次页，遇有想抄录的，也俟读完再抄，当时勿窒其机。

诸君勿因初读中国书，勤劳大而结果少，便生退悔。因为我们读书，并不是想专向现时所读这一本书里讨现钱现货的得多少报酬，最要紧的是涵养成好读书的习惯和磨炼出善读书的脑力，青年期所读各书，不外借来做达这两个目的的梯子。我所说的前提倘若不错，则读外国书和读中国书当然都各有益处。外国名著，组织得好，易引起趣味，他的研究方法，整整齐齐摆出来，可以做我们模范，这是好处。我们滑眼读去，容易变成享现成福的少爷们，不知甘苦来历，这是坏处。中国书未经整理，一读便是一个闷头棍，每每打断趣味，这是坏处，逼着你披荆斩棘，寻路来走，或者走许多冤枉路（只要走路断无冤枉，走错了回头，便是绝好教训）。从甘苦阅历中磨炼出智慧，得苦尽甘来的趣味，那智慧和趣味却最真切，这是好处。

还有一件，我在前项书目表中有好几处，写"希望熟读成诵"字样，我想诸君或者以为甚难，也许反对说我顽旧，但我有我的意思，我并不是奖励人勉强记忆。我所希望熟读成诵的有两种类：一种类是最有价值的文学作品，一种类是有益身心的格言。好文学是涵养情趣的工具，做一个民族的分子，总须对本民族的好文学十分领略。能熟读成诵，才在我们的"下意识"里头，得着根底，不知不觉会"发酵"。有益身心的圣哲格言，一部分久已在我们全社会上形成共同意识，我既做这社会的分子，总要彻底了解它，才不至和共同意识生隔阂。一方面我们应事接物时候，常常仗他给我们的光明，要平日磨得熟，临时才得着用。我所以有些书希望熟读成诵者在此，但亦不过一种格外希望而已，并不谓非如此不可。

最后我还专向清华同学诸君说几句话，我希望诸君对于国学的修养，比别的学校学生格外加功。诸君受社会恩惠，是比别人独优的，诸君将来在全社会上一定占势力，是眼看得见的，诸君回国之后，对于中国文化有无贡献，便是诸君功罪的标准。

任你学成一位天字第一号形神毕肖的美国学者，只怕于中国文化没有多少影响，若这样便有影响，我们把美国蓝眼睛的大博士抬一百几十位来便够了，又何必诸君呢。诸君须要牢牢记着你不是美国学生，是中国留学生。如何才配叫作中国留学生，请你自己打主意吧。

驰骋古今，经天纬地

叁

虚伪的作品

/余　华

一

　　现在我似乎比以往任何时候都明白自己为何写作，我的所有努力都是为了更加接近真实。因此在一九八六年底写完《十八岁出门远行》后的兴奋，不是没有道理。那时候我感到这篇小说十分真实，同时我也意识到其形式的虚伪。所谓的虚伪，是针对人们被日常生活围困的经验而言。这种经验使人们沦陷在缺乏想象的环境里，使人们对事物的判断总是实事求是地进行着。当有一天某个人说他在夜间看到书桌在屋内走动时，这种说法便使人感到不可思议和难以置信。也不知从何时起，这种经验只对实际的事物负责，它越来越疏远精神的本质。于是真实的含义被曲解也就在所难免。由于长久以来过于科学地理解真实，真实似乎只对早餐这类事物有意义，而对深夜月光下某个人叙述的死人复活故事，真实在翌日清晨对它的回避总是毫不犹豫。因此我们的文学只能在缺乏想象的茅屋里度日如年。在有人以要求新闻记者眼中的真实，来要求作家眼中的真实时，人们的广泛拥护也就理所当然了。而我们也因此无法期待文学会出现奇迹。

　　一九八九年元旦的第二天，安详的史铁生坐在床上向我揭示这样一个真理：在瓶盖拧紧的药瓶里，药片是否会自动跳出来？他向我指出了经验的可怕，因为我们无法相信不揭开瓶盖药片就会出来，我们的悲剧在于无法相信。如果我们确信无疑地认为瓶盖拧紧药片也会跳出来，那么也许就会出现奇迹。可因为我们无法相信，奇迹也就无法呈现。

　　在一九八六年写完《十八岁出门远行》之后，我隐约预感到一种全新的写作态度即将确立。艾萨克辛格在初学写作之时，他的哥哥这样教导他："事实是从来不会陈旧过时的，而看法却总是会陈旧过时。"当我们抛弃对事实做出结论的企图，那么已有的经验就不再牢不可破。我们开始发现自身的肤浅来自于经验的局限。这时候我们对真实的理解也就更为接近真实了。当我们就事论事地描述某一事件时，我们往往只能获得事件的外貌，而其内在的广阔含义则昏睡不醒。这种就事论事的写作态度窒息了作家应有的才华，使我们的世界充满了房屋、街道这类实在的事物，我们无法明白有关世界的语言和结构。我们的想象力会在一只茶杯面前忍气吞声。

有关二十世纪文学评价的普遍标准，一直以来我都难以接受。把它归结为后工业时期人的危机的产物似乎过于简单。我个人认为二十世纪文学的成就主要在于文学的想象力重新获得自由。十九世纪文学经过了辉煌的长途跋涉之后，却把文学的想象力送上了医院的病床。

当我发现以往那种就事论事的写作态度只能导致表面的真实以后，我就必须去寻找新的表达方式。寻找的结果使我不再忠诚所描绘事物的形态，我开始使用一种虚伪的形式。这种形式背离了现状世界提供给我的秩序和逻辑，然而却使我自由地接近了真实。

罗布－格里耶认为文学的不断改变主要在于真实性概念在不断改变。十九世纪文学造就出来的读者有其共同的特点，那就是世界对他们而言已经完成和固定下来。他们在各种已经得出的答案里安全地完成阅读行为，他们沉浸在不断被重复的事件的陈旧冒险里。他们拒绝新的冒险，因为他们怀疑新的冒险是否值得。对于他们来说，一条街道意味着交通、行走这类大众的概念。而街道上的泥迹，他们也会立刻赋予"不干净""没有清扫"之类固定想法。

文学所表达的仅仅只是一些大众的经验时，其自身的革命便无法避免。任何新的经验一旦时过境迁就将衰老，而这衰老的经验却成为真理，并且被严密地保护起来。在各种陈旧经验堆积如山的中国当代文学里，其自身的革命也就困难重重。

当我们放弃"没有清扫""不干净"这些想法，而去关注泥迹可能显示的意义，那种意义显然是不确定和不可捉摸的，有关它的答案像天空的颜色一样随意变化，那么我们也许能够获得纯粹个人的新鲜经验。

普鲁斯特在《复得的时间》里这样写道："只有通过钟声才能意识到中午的康勃雷，通过供暖装置所发出的哼声才意识到清早的堂西埃尔。"康勃雷和堂西埃尔是两个地名。在这里，钟声和供暖装置的意义已不再是大众的概念，已经离开大众走向个人。

一次偶然的机会，使我在某个问题上进行了长驱直入的思索，那时候我明显地感到自己脱离常识过程时的快乐。我选用"偶然的机会"，是因为我无法确定促使我思想新鲜起来的各种因素。我承认自己所有的思考都从常识出发，一九八六年以前的所有思考都只是在无数常识之间游荡，我使用的是被大众肯定的思维方式，但是那一年的某一个思考突然脱离了常识的围困。

那个脱离一般常识的思考，就是此文一直重复出现的真实性概念。有关真实的思考进行了两年多以后还将继续下去，我知道自己已经丧失了结束这种思考的能力。因此此刻我所要表达的只是这个思考的历程，而不是提供固定的答案。

任何新的发现都是从对旧事物的怀疑开始的。人类文明为我们提供了一整套秩序，我们置身其中是否感到安全？对安全的责问是怀疑的开始。人在文明秩序里的成长和生活是按照规定进行着。秩序对人的规定显然是为了维护人的正常与安全，然而秩序是否牢不可破？事实证明庞大的秩序在意外面前总是束手无策。城市的十字路口说明了这一点。十字路口的红绿灯，以及将街道切割成机动车道、自行车道、人行道，而且来与去各在大路的两端。所有这些代表了文明的秩序，这秩序的建立是为了杜绝车祸，可是车祸经常在十字路口出现，于是秩序经常全面崩溃。交通阻塞以后几百辆车将组成一个混乱的场面。这场面告诉我们，秩序总是要遭受混乱的捉弄。因此我们置身文明秩序中的安全也就不再真实可信。

我在一九八六年、一九八七年里写《一九八六年》《河边的错误》《现实一种》时，总是无法回避现实世界给予我的混乱。那一段时间就像张颐武所说的"余华好像迷上了暴力"。确实如此，暴力因为其形式充满激情，它的力量源自于人内心的渴望，所以它使我心醉神迷。让奴隶们互相残杀，奴隶主坐在一旁观看的情景已被现代文明驱逐到历史中去了。可是那种形式总让我感到是一出现代主义的悲剧。人类文明的递进，让我们明白了这种野蛮的行为是如何威胁着我们的生存。然而拳击运动取而代之，在这里我们可以看到文明对野蛮的悄悄让步。即便是南方的斗蟋蟀，也可以让我们意识到暴力是如何深入人心。

在暴力和混乱面前，文明只是一个口号，秩序成为了装饰。

我曾和老师李陀讨论过叙述语言和思维方式的问题。李陀说："首先出现的是叙述语言，然后引出思维方式。"

我的个人写作经历证实了李陀的话。当我写完《十八岁出门远行》后，我从叙述语言里开始感受到自己从未有过的思维方式。这种思维方式一直往前行走，使我写出了《一九八六年》《现实一种》等作品，然而在一九八八年春天写作《世事如烟》时，我并没有清晰地意识到新的变化在悄悄进行。直到整个叙述语言方式确立后，才开始明确自己的思维运动出现了新的前景。而在此之前，也就是写完《现实一种》时，我以为从《十八岁出门远行》延伸出来的思维方式已经成熟和固定下来。我当时给朱伟写信说道："我已经找到了今后的创作的基本方法。"

事实上到《现实一种》为止，我有关真实的思考只是对常识的怀疑。也就是说，当我不再相信有关现实生活的常识时，这种怀疑便导致我对另一部分现实的重视，从而直接诱发了我有关混乱和暴力的极端化想法。

在我心情开始趋向平静的时候，我便尽量公正地去审视现实。然而，我开始意识到生活是不真实的，生活事实上是真假杂乱和鱼目混珠。这样的认识是基于生活对于任何一个人都无法客观。生活只有脱离我们的意志独立存在时，它的真实才切实可信。而人的意志一旦投入生活，诚然生活中某些事实可以让人明白一些什么，但上当受骗的可能也同时呈现了。几乎所有的人都曾发出过这样的感叹：生活欺骗了我。因此，对于任何个体来说，真实存在的只能是他的精神。当我认为生活是不真实的，只有人的精神才是真实时，难免会遇到这样的理解：我在逃离现实生活。汉语里的"逃离"暗示了某种惊慌失措。另一种理解是上述理解的深入，即我是属于强调自我对世界的感知，我承认这个说法的合理之处，但我此刻想强调的是：自我对世界的感知其终极目的便是消失自我。人只有进入广阔的精神领域才能真正体会世界的无边无际。我并不否认人可以在日常生活里消解自我，那时候人的自我将融化在大众里，融化在常识里。这种自我消解所得到的很可能是个性的丧失。

在人的精神世界里，一切常识提供的价值都开始摇摇欲坠，一切旧有的事物都将获得新的意义。在那里，时间固有的意义被取消。十年前的往事可以排列在五年前的往事之后，然后再引出六年前的往事。同样这三件往事，在另一种环境时间里再度回想时，它们又将重新组合，从而展示其新的含义。时间的顺序在一片宁静里随意变化。生与死的界线也开始模糊不清，对于在现实中死去的人，只要记住他们，他们便依然活着。另一些人尽管继续活在现实中，可是对他们的遗忘也就意味着他们已经死亡。而欲望和美感、爱与恨、真与善在精神里都像床和椅子一样实在，它们都具有限定的轮廓、坚实的形体和常识所理解的现实性。我们的目光可以望到它们，我们的手可以触摸它们。

二

对于一九八九年开始写作或者还在写作的人来说，小说已不是首创的形式，它作为一种传统为我们继承。我这里所指的传统，并不只针对狄得罗，或者十九世纪的巴尔扎克、狄更斯，也包括活到二十世纪的卡夫卡、乔伊斯，同样也没有排斥罗布－格里耶，福克纳和川端康成。对于我们来说，无论是旧小说，还是新小说，都已经成为传统。因此我们无法回避这样的问题，即我们为何写作？我们所有的努力都是为了什么？我现在所能回答的只能是——我所有的努力都是为了使这种传统更为接近现代，也就是说使小说这个过去的形式更为接近现在。

这种接近现在的努力将具体体现在叙述方式、语言和结构、时间和人物的处理上，就是如何寻求最为真实的表现形式。

当我越来越接近三十岁的时候（这个年龄在老人的回顾里具有少年的形象，然而在于我却预示着与日俱增的回想），在我规范的日常生活里，每日都有多次的事与物触发我回首过去，而我过去的经验为这样的回想提供了足够事例。我开始意识到那些即将来到的事物，其实是为了打开我的过去之门。因此现实时间里的从过去走向将来便丧失了其内在的说服力。似乎可以这样认为，时间将来只是时间过去的表象。如果我此刻反过来认为时间过去只是时间将来的表象时，确立的可能也同样存在。我完全有理由认为过去的经验是为将来的事物存在的，因为过去的经验只有通过将来事物的指引才会出现新的意义。

拥有上述前提以后，我开始面对现在了。事实上我们真实拥有的只有现在，过去和将来只是现在的两种表现形式。我的所有创作都是针对现在成立的，虽然我叙述的所有事件都作为过去的状态出现，可是叙述进程只能在现在的层面上进行。在这个意义上说，一切回忆与预测都是现在的内容，因此现在的实际意义远比常识的理解要来得复杂。由于过去的经验和将来的事物同时存在现在之中，所以现在往往是无法确定和变幻莫测的。

阴沉的天空具有难得的宁静，它有助于我舒展自己的回忆。当我开始回忆多年前某桩往事，并涉及与那桩往事有关的阳光时，我便知道自己叙述中需要的阳光应该是怎样的阳光了。正是这种在阴沉的天空里显示出来的过去的阳光，便是叙述中现在的阳光。

在叙述与叙述对象之间存在的第三者（阴沉的天空），可以有效地回避表层现实的局限，也就是说可以从单调的此刻进入广阔复杂的现在层面。这种现在的阳光，事实上是叙述者经验里所有阳光的汇集。因此叙述者可以不受束缚地寻找最为真实的阳光。

我喜欢这样一种叙述态度，通俗的说法便是将别人的事告诉别人。而努力躲避另一种叙述态度，即将自己的事告诉别人。即便是我个人的事，一旦进入叙述我也将其转化为别人的事。

我寻找的是无我的叙述方式，在这个意义上，我同意李劼强调的作家与作品之间有一个叙述者的存在。在叙述过程中，个人经验转换的最简便有效的方法就是，尽可能回避直接的表述，让阴沉的天空来展示阳光。

我在前文确立的现在，某种意义上说是针对个人精神成立的，它越出了常识规定的范围。换句话说，它不具备常识应有的现存答案和确定的含义。因此面对现在的语言，只能是一种不确定的语言。

日常语言是消解了个性的大众化语言，一个句式可以唤起所有不同人的相同理解。那是一种确定了的语言，这种语言向我们提供了一个无数次被重复的世界，它强行规定了事物的轮廓和形态。因此当一个作家感到世界像一把椅子那样明白易懂时，他提倡语言应该大众化也就理直气壮了。这种语言的句式像一个紧接一个的路标，总是具有明确的指向。

所谓不确定的语言，并不是面对世界的无可奈何，也不是不知所措之后的含糊其词。事实上它是为了寻求最为真实可信的表达。因为世界并非一目了然，面对事物的纷繁复杂，语言感到无力时做出终极判断。为了表达的真实，语言只能冲破常识，寻求一种能够同时呈现多种可能，同时呈现几个层面，并且在语法上能够并置、错位、颠倒，不受语法固有序列束缚的表达方式。

当内心涌上一股情感，如果能够正确理解这股情感，也许

100

就会发现那些痛苦、害怕、喜悦等确定字眼，并非是内心情感的真实表达，它们只是一种简单的归纳。要是使用不确定的叙述语言来表达这样的情感状态，显然要比大众化的确定语言来得客观真实。

我这样说并非全部排斥语言的路标作用，因为事物并非任何时候都是纷繁复杂，它也有简单明了的时候。同时我也不想掩饰自己在使用语言时常常力不从心。痛苦、害怕等确定语词我们谁也无法永久逃避。我强调语言的不确定，只是为了尽可能真实地表达。

我所指的不确定的叙述语言，和确定的大众语言之间最根本的区别在于：前者强调对世界的感知，而后者则是判断。

我在前文已经说过，大众语言向我们提供了一个无数次被重复的世界。因此我寻找新语言的企图，是为了向朋友和读者展示一个不曾被重复的世界。

世界对于我，在各个阶段都只能作为有限的整体出现。所以在我某个阶段对世界的理解，只是对某个有限的整体的理解，而不是世界的全部。这种理解事实上就是结构。

从《十八岁出门远行》到《现实一种》时期的作品，其结构大体是对事实框架的模仿，情节段之间的关系基本上是递进、连接的关系，它们之间具有某种现实的必然性。但是那时期作品体现我有关世界结构的一个重要标志，便是对常理的破坏。简单的说法是，常理认为不可能的，在我作品里是坚实的事实；

而常理认为可能的，在我那里无法出现。导致这种破坏的原因首先是对常理的怀疑。很多事实已经表明，常理并非像它自我标榜的那样，总是真理在握。我感到世界有其自身的规律，世界并非总在常理推断之中。我这样做同时也是为了告诉别人：事实的价值并不只是局限于事实本身，任何一个事实一旦进入作品都可能象征一个世界。

当我写作《世事如烟》时，其结构已经放弃了对事实框架的模仿。表面上看为了表现更多的事实，使其世界能够尽可能呈现纷繁的状态，我采用了并置、错位的结构方式。但实质上，我有关世界结构的思考已经确立，并开始脱离现状世界提供的现实依据。我发现了世界里一个无法眼见的整体的存在，在这个整体里，世界自身的规律也开始清晰起来。

那个时期，当我每次行走在大街上，看着车辆和行人运动时，我都会突然感到这运动透视着不由自主。我感到眼前的一切都像是事先已经安排好，在某种隐藏的力量指使下展开其运动。所有的一切（行人、车辆、街道、房屋、树木），都仿佛是舞台上的道具，世界自身的规律左右着它们，如同事先已经确定了的剧情。这个思考让我意识到，现状世界出现的一切偶然因素，都有着必然的前提。因此，当我在作品中展现事实时，必然因素已不再统治我，偶然的因素则异常活跃起来。

与此同时，我开始重新思考世界里的一切关系：人与人、人与现实、房屋与街道、树木与河流等等。这些关系如一张错综复杂的网。

那时候我与朋友交谈时，常常会不禁自问：交谈是否呈现了我与这位朋友的真正关系？无可非议这种关系是表面的，暂时的。那么永久的关系是什么？于是我发现了世界赋予人与自然的命运。人的命运，房屋、街道、树木、河流的命运。世界自身的规律便体现在这命运之中，世界里那不可捉摸的一部分开始显露其光辉。我有关世界的结构开始重新确立，而《世事如烟》的结构也就这样产生。在《世事如烟》里，人与人，人与物，物与物；情节与情节，细节与细节的连接都显得若即若离，时隐时现。我感到这样能够体现命运的力量，即世界自身的规律。

现在我有必要说明的是：有关世界的结构并非只有唯一。因此在《世事如烟》之后，我的继续寻找将继续有意义。当我寻找得深入，或者说角度一旦改变，我开始发现时间作为世界的另一种结构出现了。

世界是所发生的一切，这所发生的一切的框架便是时间。因此时间代表了一个过去的完整世界。当然这里的时间已经不再是现实意义上的时间，它没有固定的顺序关系。它应该是纷繁复杂的过去世界的随意性很强的规律。

当我们把这个过去世界的一些事实，通过时间的重新排列，如果能够同时排列出几种新的顺序关系（这是不成问题的），那么就将出现几种不同的新意义。这样的排列显然是由记忆来完成的，因此我将这种排列称之为记忆的逻辑。所以说，时间的意义在于它随时都可以重新结构世界，也就是说世界在时间的每一次重新结构之后，都将出现新的姿态。

事实上，传统叙述里的插叙、倒叙，已经开始了对小说时间的探索。遗憾的是这种探索始终是现实时间意义上的探索。由于这样的探索无法了解到时间的真正意义，就是说无法了解时间其实是有关世界的结构，所以它的停滞不前将是命中注定的。

在我开始以时间作为结构来写作《此文献给少女杨柳》时，我感受到闯入一个全新世界的极大快乐。我在尝试地使用时间分裂、时间重叠、时间错位等方法以后，收获到的喜悦出乎预料。遗憾的是《钟山》在发表这篇作品时，将对我的意图进行小小的友好的破坏。我这篇小说有四大段十三小节，我故意采用 1234 1234 123 12 的小节排列，以显示这四段的同步关系。但发表时将成为 123456789 10 11 12 13 小节的排列，然而这并不影响我今后为《钟山》写稿的热情，因为这种热情是针对范小天成立的。

两年以来，一些读过我作品的读者经常这样问我：你为什么不写写我们？我的回答是：我已经写了你们。

他们所关心的是我没有写从事他们那类职业的人物，而并不是作为人，我是否已经写到他们了。所以我还得耐心地向他们解释：职业只是人物身上的外衣，并不重要。

事实上我不仅对职业缺乏兴趣，就是对那种竭力塑造人物性格的做法也感到不可思议和难以理解。我实在看不出那些所谓性格鲜明的人物身上有多少艺术价值。那些具有所谓性格的人物几乎都可以用一些抽象的常用语词来概括，即开朗、狡猾、厚道、忧郁等等。显而易见，性格关心的是人的外表而并非内心，而且经常粗暴地干涉作家试图进一步深入人的复杂层面的努力。因此我更关心的是人物的欲望，欲望比性格更能代表一个人的存在价值。

　　另一方面，我并不认为人物在作品中享有的地位，比河流、阳光、树叶、街道和房屋来得重要。我认为人物和河流、阳光等一样，在作品中都只是道具而已。河流以流动的方式来展示其欲望，房屋则在静默中显露欲望的存在。人物与河流、阳光、街道、房屋等各种道具在作品中组合一体又相互作用，从而展现出完整的欲望。这种欲望便是象征的存在。

　　因此小说传达给我们的，不只是栩栩如生或者激动人心之类的价值。它应该是象征的存在。而象征并不是从某个人物或者某条河流那里显示。一部真正的小说应该无处不洋溢着象征，即我们寓居世界方式的象征，我们理解世界并且与世界打交道的方式的象征。

买　书

/ 朱自清

　　买书也是我的嗜好，和抽烟一样。但这两件事我其实都不在行，尤其是买书。在北平这地方，像我那样买，像我买的那些书，说出来真寒碜死人；不过本文所要说的既非诀窍，也算不得经验，只是些小小的故事，想来也无妨的。

　　在家乡中学时候，家里每月给零用一元。大部分都报效了一家广益书局，取回些杂志及新书。那老板姓张，有点儿抽肩膀，老是捧着水烟袋，可是人好，我们不觉得他有市侩气。他肯给我们这班孩子记账。每到节下，我总欠他一元多钱。他催得并不怎么紧，向家里商量商量，先还个一元也就成了。那时候最爱读的一本《佛学易解》（贾丰臻著，中华书局印行）就是从张的手里买的。那时候不买旧书，因为家里有。只有一回，不知在哪儿看到《文心雕龙》的名字，急着想看，便去旧书铺访求：有一家拿出一部广州套版的，要一元钱，买不起；后来另买到一部，书品也还好，纸墨差些，却只花了小洋三角。这部书还在，两三年前给换上了磁青纸的皮儿，却显得配不上。

到北平来上学入了哲学系，还是喜欢找佛学书看。那时候佛经流通处在西城卧佛寺街鹫峰寺。在街口下了车，一直走，快到城根儿了，才看见那个寺。那是个阴沉沉的秋天下午，街上只有我一个人。到寺里买了《因明入正理论疏》《百法明门论疏》《翻译名义集》等。这股傻劲儿回味起来颇有意思。正像那回从天坛出来，挨着城根，独自个儿，探险似的穿过许多没人走的碱地去访陶然亭一样。在毕业的那年，到琉璃厂华洋书庄去，看见新版韦伯斯特大字典，定价才十四元。可是十四元并不容易找。想来想去，只好硬了心肠将结婚时候父亲给做的一件紫毛（猫皮）水獭领大氅亲手拿着，走到后门一家当铺里去，说当十四元钱。柜上人似乎没有什么留难就答应了。这件大氅是布面子，土式样，领子小而毛杂——原是用了两副"马蹄袖"拼凑起来的。父亲给做这件衣服，可很费了点张罗。拿去当的时候，也踌躇了一下，却终于舍不得那本字典。想着将来准赎出来就是了。想不到竟不能赎出来，这是直到现在翻那本字典时常引为遗憾的。

重来北平之后，有一年忽然想搜集一些杜诗。一家小书铺叫文雅堂的给找了不少，都不算贵。那伙计是个麻子，一脸笑，是铺子里少掌柜的。铺子靠他父亲支持，并没有什么好书，去年他父亲死了，他本人不大内行，让伙计吃了，现在长远不来了，他不知怎么样。说起杜诗，有一回，一家书铺送来高丽本《杜律分韵》，两本书，索价三百元。书极不相干而索价如此之高，荒谬之至，况且书面上原购者明明写着"以银二两得之"。第二天另一家送来一样的书，只要两元钱，我立刻买下。北平的书价，离奇有如此者。

旧历正月里厂甸的书摊值得看，有些人天天巡礼去。我住得远，每年只去一个下午——上午摊儿少。土地祠内外人山人海摩肩接踵地来往。也买过些零碎东西，其中有一本是《伦敦竹枝词》，花了三毛钱。买来以后，恰好《论语》要稿子，选抄了些寄去，加上一点说明，居然得着五元稿费。这是仅有的一次，买的书赚了钱。

在伦敦的时候，从寓所出来，走过近旁小街。有一家小书店门口摆着一架旧书。上前去徘徊了一下，看见一本《牛津书话选》（The Book Lovers' Anthology），烫花布面，装订不马虎，四百多面，本子也不小，准有七八成新，才一先令六便士，那时合中国一元三毛钱，比东安市场旧洋书还贱些。这选本节录许多名家诗文，说到书的各方面的，性质有点像叶德辉氏《书林清话》，但不像《清话》有系统，他们旨趣原是两样的。因为买这本书，结识了那掌柜的，他以后给我找了不少便宜的旧书。

有一种书，他找不到旧的，便和我说，他们批购新书按七五扣，他愿意少赚一扣，按九折卖给我。我没有要他这么办，但是很感谢他的好意。

我最喜爱的书

/ 季羡林

我在下面介绍的只限于中国文学作品，外国文学作品不在其中。我的专业书籍也不包括在里面，因为太冷僻。

一、司马迁的《史记》

《史记》这一部书，很多人都认为它既是一部伟大的史籍，又是一部伟大的文学作品。我个人同意这个看法。平常所称的《二十四史》中，尽管水平参差不齐，但是哪一部也不能望《史记》之项背。

《史记》之所以能达到这个水平，司马迁的天才当然是重要原因，但是他的遭遇起的作用似乎更大。他无端受了宫刑，以致郁闷激愤之情溢满胸中，发而为文，句句皆带悲愤。他在《报任安书》中已有充分的表露。

二、《世说新语》

这不是一部史书，也不是某一个文学家和诗人的总集，而只是一部由许多颇短的小故事编纂而成的奇书。有些篇只有短短几句话，连小故事也算不上。每一篇几乎都有几句或一句隽语，表面简单淳朴，内容却深奥异常，令人回味无穷。六朝和稍前的一个时期内，社会动乱，出了许多看来脾气相当古怪的人物，外似放诞，内实怀忧。他们的举动与常人不同。此书记录了他们的言行，短短几句话，而栩栩如生，令人难忘。

三、陶渊明的诗

有人称陶渊明为"田园诗人"。笼统言之，这个称号是恰当的。他的诗确实与田园有关。"采菊东篱下，悠然见南山。"这样的名句几乎是家喻户晓的。从思想内容上来看，陶渊明颇近道家，中心是纯任自然。从文体上来看，他的诗简易淳朴，毫无雕饰，与当时流行的镂金错彩的骈文，迥异其趣。因此，在当时以及以后的一段时间内，对他的诗的评价并不高，在《诗品》中，仅列为中品。但是，时间越后，评价越高，最终成为中国伟大诗人之一。

四、李白的诗

李白是中国文学史上最伟大的天才之一，这一点是谁都承认的。杜甫对他的诗给予了最高的评价："白也诗无敌，飘然思不群。清新庾开府，俊逸鲍参军。"李白的诗风飘逸豪放。根据我个人的感受，读他的诗，只要一开始，你就很难停住，必须读下去。原因我认为是，李白的诗一气流转，这一股"气"不可抗御，让你非把诗读完不行。这在别的诗人作品中，是很难遇到的现象。在唐代，以及以后的一千多年中，对李白的诗几乎只有赞誉，而无批评。

五、杜甫的诗

杜甫也是一个伟大的诗人，千余年来，李杜并称。但是，二人的创作风格却迥乎不同：李是飘逸豪放，而杜则是沉郁顿挫。从使用的格律上，也可以看出二人的不同。七律在李白集中比较少见，而在杜集中则颇多。摆脱七律的束缚，李白是没有枷锁跳舞；杜甫善于使用七律，则是戴着枷锁跳舞，二人的舞都达到了极高的水平。在文学批评史上，杜甫颇受到一些人的指摘，而对李白则是绝无仅有。

六、南唐后主李煜的词

后主词传留下来的仅有三十多首，可分为前后两期：前期仍在江南当小皇帝，后期则已降宋。后期词不多，但是篇篇都是杰作，纯用白描，不作雕饰，一个典故也不用，话几乎都是平常的白话，老妪能解，然而意境却哀婉凄凉，千百年来打动了千百万人的心。在词史上蔚然成一大家，受到了文艺批评家的赞赏。但是，对王国维在《人间词话》中赞美后主有佛祖的胸怀，我却至今尚不能解。

七、苏轼的诗文词

中国古代赞誉文人有三绝之说。三绝者，诗、书、画三个方面皆能达到极高水平之谓也。苏轼至少可以说已达到了五绝：诗、书、画、文、词。因此，我们可以说，苏轼是中国文学史和艺术史上的最全面的伟大天才。论诗，他为宋代一大家。论文，他是唐宋八大家之一。笔墨凝重，大气磅礴。论书，他是宋代苏、黄、米、蔡四大家之首。论词，他摆脱了婉约派的传统，创豪放派，与辛弃疾并称。

八、纳兰性德的词

宋代以后，中国词的创作到了清代又掀起了一个新的高潮。名家辈出，风格不同，又都能各极其妙，实属难能可贵。在这群灿若明星的词家中，我独独喜爱纳兰性德。他是大学士明珠的儿子，生长于荣华富贵中，然而却胸怀愁思，流溢于楮墨之间。这一点我至今还难以得到满意的解释。从艺术性方面来看，他的词可以说是已经达到了完美的境界。

九、吴敬梓的《儒林外史》

胡适之先生给予《儒林外史》极高的评价。诗人冯至也酷爱此书。我自己也是极为喜爱《儒林外史》的。

此书的思想内容是反科举制度，昭然可见，用不着细说。它的特点在艺术性上。吴敬梓惜墨如金，从不作冗长的描述。书中人物众多，各有特性，作者只讲一个小故事，或用短短几句话，活脱脱一个人就仿佛站在我们眼前，栩栩如生。这种特技极为罕见。

十、曹雪芹的《红楼梦》

在古今中外众多的长篇小说中，《红楼梦》是一颗璀璨的明珠，是状元。中国其他长篇小说都没能成为"学"，而"红学"则是显学，内容描述的是一个大家族的衰微的过程。本书特异之处也在它的艺术性上。书中人物众多，男女老幼、主子奴才、五行八作，应有尽有。作者有时只用寥寥数语而人物就活灵活现，让读者永远难忘。读这样一部书，主要是欣赏它的高超的艺术手法，那些把它政治化的无稽之谈，都是不可取的。

对我影响最大的几本书

/季羡林

　　我是一个最枯燥乏味的人，枯燥到什么嗜好都没有。我自比是一棵只有枝干并无绿叶更无花朵的树。

　　如果读书也能算是一个嗜好的话，我的唯一嗜好就是读书。

　　我读的书可谓多而杂，经、史、子、集都涉猎过一点，但极肤浅，小学中学阶段，最爱读的是"闲书"（没有用的书），比如《彭公案》《施公案》《洪公传》《三侠五义》《小五义》《东周列国志》《说岳》《说唐》等等，读得如醉似痴。《红楼梦》等古典小说是以后才读的。读这样的书是好是坏呢？从我叔父眼中来看，是坏。但是，我却认为是好，至少在写作方面是有帮助的。

　　至于哪几部书对我影响最大，几十年来我一贯认为是两位大师的著作：在德国是亨利希·吕德斯（HeinrichLüders），我老师的老师；在中国是陈寅恪先生。两个人都是考据大师，方法缜密到神奇的程度。从中也可以看出我个人兴趣之所在。我禀性板滞，不喜欢玄之又玄的哲学。我喜欢能摸得着看得见的东西，而考据正合吾意。

吕德斯是世界公认的梵学大师。研究范围颇广，对印度的古代碑铭有独到深入的研究。印度每有新碑铭发现而又无法读通时，大家就说："到德国去找吕德斯去！"可见吕德斯权威之高。印度两大史诗之一的《摩诃婆罗多》从核心部分起，滚雪球似的一直滚到后来成型的大书，其间共经历了七八百年。谁都知道其中有不少层次，但没有一个人说得清楚。弄清层次问题的又是吕德斯。在佛教研究方面，他主张有一个"原始佛典"（Mrkanm），是用古代半摩揭陀语写成的，我个人认为这是千真万确的事；欧美一些学者不同意，却又拿不出半点可信的证据。吕德斯著作极多。中短篇论文集为一书《古代印度语文论丛》，这是我一生受影响最大的著作之一。这书对别人来说，可能是极为枯燥的，但是，对我来说却是一本极为有味、极有灵感的书，读之如饮醍醐。

在中国，影响我最大的书是陈寅恪先生的著作，特别是《寒柳堂集》《金明馆丛稿》。寅恪先生的考据方法同吕德斯先生基本上是一致的，不说空话，无证不信。两人有异曲同工之妙。我常想，寅恪先生从一个不大的切入口切入，如剥春笋，每剥一层，都是信而有征，让你非跟着他走不行，剥到最后，露出核心，也就是得到结论，让你恍然大悟：原来如此，你没有法子不信服。寅恪先生考证不避琐细，但绝不是为考证而考证，小中见大，其中往往含着极大的问题。比如，他考证杨玉环是否以处女入宫。这个问题确极猥琐，不登大雅之堂。无怪一个学者说：这太 Trivial（微不足道）了。焉知寅恪先生是想研究李唐皇族的家风。在这个问题上，汉族与少数民族看法是不一样的。寅恪先生是从看似细微的问题入手探讨民族问题和文化问题，由小及大，使自己的立论坚实可靠。看来这位说那样话的学者是根本不懂历史的。

在一次闲谈时，寅恪先生问我：《梁高僧传》卷二《佛图澄传》中载有铃铛的声音——"秀支替戾冈，仆谷劬秃当"是哪一种语言？原文说是羯语，不知何所指？我到今天也回答不出来。由此可见寅恪先生读书之细心，注意之广泛。他学风谨严，在他的著作中到处可以给人以启发。读他的文章，简直是一种最高的享受。读到兴会淋漓时，真想"浮一大白"。

中德这两位大师有师徒关系，寅恪先生曾受学于吕德斯先生。这两位大师又同受战争之害，吕德斯生平致力于 Molnavarga 之研究，几十年来批注不断。"二战"时手稿被毁。寅恪生平致力于读《世说新语》，几十年来眉注累累。日寇入侵，逃往云南，此书丢失于越南。假如这两部书能流传下来，对梵学国学将是无比重要之贡献。然而先后毁失，为之奈何！

论张爱玲的小说

/傅　雷

前　言

在一个低气压的时代，水土特别不相宜的地方，谁也不存什么幻想，期待文艺园地里有奇花异卉探出头来。然而天下比较重要一些的事故，往往在你冷不防的时候出现。史家或社会学家，会用逻辑来证明，偶发的事故实在是酝酿已久的结果。但没有这种分析头脑的大众，总觉得世界上真有魔术棒似的东西在指挥着，每件新事故都像从天而降，教人无论悲喜都有些措手不及。张爱玲女士的作品给予读者的第一个印象，便有这情形。"这太突兀了，太像奇迹了！"除了这类不着边际的话以外，读者从没切实表示过意见。也许真是过于意外怔住了。也许人总是胆怯的动物，在明确的舆论未成立以前，明哲的办法是含糊一下再说。但舆论还得大众去培植；而文艺的长成，急需社会的批评，而非谨虑的或冷淡的缄默。是非好恶，不妨直说。说错了看错了，自有人指正——无所谓尊严问题。

我们的作家一向对技巧抱着鄙夷的态度。"五四"以后，消耗了无数笔墨的是关于主义的论战。仿佛一有准确的意识就能立地成佛似的，区区艺术更是不成问题。其实，几条抽象的原则只能给大中学生应付会考。哪一种主义也好，倘没有深刻的人生观，真实的生活体验，迅速而犀利的观察，熟练的文字技能，活泼丰富的想象，决不能产生一样像样的作品。而且这一切都得经过长期艰苦的训练。《战争与和平》的原稿修改过七遍，大家可只知道托尔斯泰是个多产的作家（仿佛多产便是滥造似的）。巴尔扎克一部小说前前后后的修改稿，要装订成十余巨册，像百科辞典般排成一长队。然而大家以为巴尔扎克写作时有债主逼着，定是匆匆忙忙赶起来的。忽视这样显著的历史教训，便是使我们许多作品流产的主因。

譬如，斗争是我们最感兴趣的题材。对。人生一切都是斗争。但第一是斗争的范围，过去并没包括全部人生。作家的对象，多半是外界的敌人：宗法社会，旧礼教，资本主义……可是人类最大的悲剧往往是内在的外来的苦难，至少有客观的原因可得诅咒，反抗，攻击，且还有廉取时情的机会。至于个人在情欲主宰之下所招致的祸害,非但失去了泄愤的目标,且更遭到"自作自受"一类的谴责。第二是斗争的表现。人的活动脱不了情欲的因素;斗争是活动的尖端,更其是情欲的舞台。去掉了情欲,斗争便失去了活力。情欲而无深刻的勾勒,便失掉它的活力,同时把作品变成了空的僵壳。在此我并没意思铸造什么尺度,也不想清算过去的文坛,只是把已往的主张缺陷回顾一下,瞧瞧我们的新作家为它们填补了多少。

一、金锁记

由于上述的观点,我先讨论《金锁记》。它是一个最圆满肯定的答复。情欲(Passion)的作用,很少像在这件作品里那么重要。从表面看,曹七巧不过是遗老家庭里一种牺牲品,没落的宗法社会里微不足道的渣滓。但命运偏偏要教渣滓当续命汤,不但要做儿女的母亲,还要做她媳妇的婆婆——把旁人的命运交在她手里。以一个小家碧玉而高攀簪缨望族,门户的错配已经种下了悲剧的第一个原因。原来当残废公子的姨奶奶的角色,由于老太太一念之善(或一念之差),抬高了她的身份,做了正室,于是造成了她悲剧的第二个原因。在姜家的环境里,固然当姨奶奶也未必有好收场,但黄金欲不致被刺激得那么高涨,恋爱欲也就不至压得那么厉害。她的心理变态,即使有,也不致病入膏肓,扯上那么多的人替她殉葬。然而最基本的悲剧因素还不在此。她是担当不起情欲的人，情欲在她心中偏偏来得嚣张。已经把一种情欲压倒了，缠死心地来服侍病人，偏偏那情欲死灰复燃，要求它的那份权利。爱情在一个人身上不得满足，便需要三四个人的幸福与生命来抵偿。可怕的报复！

可怕的报复把她压瘪了。"儿子女儿恨毒了她"，至亲骨肉都给"她沉重的枷角劈杀了"，连她心爱的男人也跟她"仇人似的"；她的惨史写成故事时，也还得给不相干的群众义愤填胸地咒骂几句。悲剧变成了丑史，血泪变成了罪状，还有什么更悲惨的？

当七巧回想着早年当曹大姑娘时代，和肉店里的朝禄打情骂俏时，"一阵温风直扑到她脸上，腻滞的死去的肉体的气味……她皱紧了眉毛。床上睡着她的丈夫，那没生命的肉体……"当年的肉腥虽然教她皱眉，究竟是美妙的憧憬，充满了希望。眼前的肉腥，却是刽子手刀上的气味——这刽子手是谁？黄金——黄金的情欲。为了黄金，她在焦灼期待，"啃不到"黄金的边的时代，嫉妒妯娌，跟兄嫂闹架。为了黄金，她只能"低声"对小叔嚷着："我有什么地方不如人？我有什么地方不好？"为了黄金，她十年后甘心把最后一个满足爱情的希望吹肥皂泡似的吹破了。当季泽站在她面前，小声叫道："二嫂！……七巧"接着诉说了（终于！）隐藏十年的爱以后：

　　七巧低着头，沐浴在光辉里，细细的喜悦……这些年了，她跟他迷藏似的，只是近不得身，原来，还有今天！

"沐浴在光辉里"，一生仅仅这一次，主角蒙受到神的恩宠。好似项勃朗笔下的肖像，整个人都沉没在阴暗里，只有脸上极小的一角沾着些光亮。即是这些少的光亮直透入我们的内心。

季泽立在她眼前，两手合在她扇子上，面颊贴在她扇子上。他也老了十年了。然而人究竟还是那个人呵！他难道是哄她么？他想她的钱——她卖掉她的一生换来的几个钱？仅仅这一念便使她暴怒起来了……

这一转念赛如一个闷雷，一片浓重的乌云，立刻掩盖了一刹那的光辉；"细细的音乐，细细的喜悦"，被暴风雨无情地扫荡了。雷雨过后，一切都已过去，一切都已晚了。"一滴，一滴……一更，二更……一年，一百年……"完了，永久地完了。剩下的只有无穷的悔恨。"她要在楼上的窗户里再看他一眼。无论如何，她从前爱过他。她的爱给了她无穷的痛苦。单只这一点，就使她值得留恋。"留恋的对象消灭了，只有留恋往日的痛苦。就在一个出身低微的轻狂女子身上，爱情也不会减少圣洁。

七巧眼前仿佛挂了冰冷的珍珠帘，一阵热风来了，把那帘子紧紧贴在她脸上，风去了，又把帘子吸了回去，气还没透过来，风又来了，没头没脑包住她——一阵凉，一阵热，她只是淌着眼泪。

她的痛苦到了顶头（作品的美也到了顶），可是没完。只换了方向，从心头沉到心底，越来越无名。愤懑变成尖刻的怨毒，莫名其妙地只想发泄，不择对象。她眯缝着眼望着儿子，"这些年来她的生命里只有这一个男人。只有他，她不怕他想她的钱——横竖钱都是他的。可是，因为他是她的儿子，他这一个人还抵不了半个……"多怆痛的呼声！"……现在，就连这半个人她也保留不住——他娶了亲。"于是儿子的幸福，媳妇的幸福，在她眼里全变作恶毒的嘲笑，好比公牛面前的红旗。歇斯底里变得比疯狂还可怕，因为"她还有一个疯子的审慎与机智"。凭了这，她把他们一起断送了。这也不足为奇。炼狱的一端紧接着地狱，殉体者不肯忘记把最亲近的人带进去的。

最初她用黄金锁住了爱情，结果却锁住了自己。爱情磨折了她一世和一家。她战败了，她是弱者。但因为是弱者，她就没有被同情的资格了么？弱者做了情欲的俘虏，代情欲做了刽子手，我们便有理由恨她么！作者不这么想。在上面

124

所引的几段里，显然有作者深切的怜悯，唤引着读者的怜悯。还有："多少回了，为了要按捺她自己，她拼得全身的筋骨与牙根都酸楚了。""十八九岁姑娘的时候……喜欢她的有……如果她挑中了他们之中的一个，往后日子久了，生了孩子，男人多少对她有点真心。七巧挪了挪头底下的荷叶边洋枕，凑上脸去揉擦一下，那一面的一滴眼泪，她也就懒怠去揩拭，由它挂在腮上，渐渐自己干了。"这些淡淡的朴素的句子，也许为粗忽的读者不曾注意的，有如一阵温暖的微风，抚弄着七巧墓上的野草。

和主角的悲剧相比之下，几个配角的显然缓和多了。长安姊弟都不是有情欲的人。幸福的得失，对他们远没有对他们的母亲那么重要。长白尽往陷坑里沉，早已失去了知觉，也许从来就不曾有过知觉。长安有过两次快乐的日子，但都用"一个美丽而苍凉的手势"自愿舍弃了。便是这个手势使她的命运虽不像七巧的那样阴森可怕，影响深远，却令人觉得另一股惆怅与凄凉的滋味。Long, Long ago 的曲调所引起的无名的悲哀，将永远留在读者心坎。

结构，节奏，色彩，在这件作品里不用说有了最幸运的成就。特别值得一提的，还有下列几点：第一是作者的心理分析，并不采用冗长的独白或枯索烦琐的解剖，她利用暗示，把动作、言语、心理三者打成一片。七巧，季泽，长安，童世舫，芝寿，都没有专写他们内心的篇幅，但他们每一个举动，每一缕思维，每一段对话，都反映出心理的进展。两次叔嫂调情的场面，不光是那种造型美显得动人，却还综合着含蓄、细腻、朴素、强烈、抑止、大胆，这许多似乎相反的优点。每句说话都是动作，每个动作都是说话，即使在没有动作没有言语的场合，情绪的波动也不曾减弱分毫。例如童世舫与长安订婚以后：

> ……两人并排在公园里走着，很少说话，眼角里带着一点对方的衣裙与移动着的脚，女子的粉香，男子的淡巴菰气，这单纯而可爱的印象，便是他们的栏杆，栏杆把他们与大众隔开了。空旷的绿草地上，许多人跑着，笑着谈着，可是他们走的是寂寂的绮丽的回廊——走不完的寂寂的回廊。不说话，长安并不感到任何缺陷。

还有什么描写，能表达这一对不调和的男女的调和呢？能写出这种微妙的心理呢？和七巧的爱情比照起来，这是平淡多了，恬静多了，正如散文，牧歌之于戏剧。两代的爱，两种的情调，相同的是温暖。

至于七巧磨折长安的几幕，以及最后在童世舫前诽谤女儿来离间他们的一段，对病态心理的刻画，更是令人"毛骨悚然"的精彩文章。

第二是作者的节略法（racconrci）的运用：

风从窗子进来，对面挂着的回文雕漆长镜被吹得摇摇晃晃，磕托磕托敲着墙。七巧双手按住了镜子。镜子里反映着翠竹帘和一幅金绿山水屏条依旧在风中来回荡漾着，望久了，便有一种晕船的感觉。再定睛看时，翠竹帘已经褪色了，金绿山水换了一张丈夫的遗像，镜子里的也老了十年。

这是电影的手法：空间与时间，模模糊糊淡下去了，又隐隐约约浮上来了。巧妙的转调技术！

第三是作者的风格。这原是首先引起读者注意和赞美的部分。外表的美永远比内在的美容易发现。何况是那么色彩鲜明，收得住、泼得出的文章！新旧文字的糅合，新旧意境的交错，在本篇里正是恰到好处。仿佛这利落痛快的文字是天造地设的一般，老早摆在那里，预备来叙述这幕悲剧的。譬喻的巧妙，形象的入画，固是作者风格的特色，但在完成整个作品上，从没像在这篇里那样的尽其效用。例如："三十年前的上海一个有月亮的晚上……年轻的人想着三十年前的月亮，该是铜钱大的一个红黄的湿晕，像朵云轩信笺上落了一滴泪珠，陈旧而迷惘。老年人回忆中的三十年前的月亮是欢愉的，比眼前的月亮大，圆，白，然而隔着三十年的辛苦路往回看，再好的月色也不免带些凄凉。"这一段引子，不但月的描写是那么新颖，不但心理的观察那么深入，而且轻描淡写地呵成了一片苍凉的气氛，从开场起就罩住了全篇的故事人物。假如风格没有这综合的效果，也就失掉它的价值了。毫无疑问，《金锁记》是张女士截至目前的最完满之作，颇有《狂人日记》中某些故事的风味。至少也该列为我们文坛最美的收获之一。没有《金锁记》，本文作者决不在下文把《连环套》批评得那么严厉，而且根本也不会写这篇文字。

二、倾城之恋

一个"破落户"家的离婚女儿，被穷酸兄嫂的冷嘲热讽撵出母家，跟一个饱经世故、狡猾精刮的老留学生谈恋爱。正要陷在泥淖里时，一件突然震动世界的变故把她救了出来，得到一个平凡的归宿——整篇故事可以用这一两行包括。因为是传奇（正如作者所说），没有悲剧的严肃、崇高和宿命性；光暗的对照也不强烈。因为是传奇，情欲没有惊心动魄的表现。几乎占到二分之一篇幅的调情，尽是些玩世不恭的享乐主义者的精神游戏；尽管那么机巧，文雅，风趣，终究是精练到近乎病态的社会的产物。好似六朝的骈体，虽然珠光宝气，内里却空空洞洞，既没有真正的欢畅，也没有刻骨的悲哀。《倾城之恋》给人家的印象，仿佛是一座雕刻精工的翡翠宝塔，而非我特式大寺的一角。美丽的对话，真真假假的捉迷藏，都在心的浮面飘滑；吸引，挑逗，无伤大体的攻守战，遮饰着虚伪。男人是一片空虚的心，不想真正找着落的心，把恋爱看作高尔夫与威士忌中间的调剂。女人，整日担忧着最后一些资本——三十岁左右的青春——再另一次倒账；物质生活的迫切需求，使她无暇顾到心灵。这样的一幕喜剧，骨子里的贫血，充满了死气，当然不能有好结果。疲乏，厚倦，苟且，浑身小智小慧的人，担当不了悲剧的角色。麻痹的神经偶尔抖动一下，居然探头瞥见了一角未来的历史。病态的人有他特别敏锐的感觉：

　　……从浅水湾饭店过去一截子路，空中飞跨着一座桥梁，桥那边是山，桥这边是一块灰砖砌成的墙壁，拦住了这边的……柳原看着她道："这堵墙，不知为什么使我想起地老天荒那一类的话……有一天，我们的文明整个地毁掉了，什么都完了——烧完了，炸完了，坍完了，也许还剩下这堵墙。流苏，如果我们那时候再在这墙根底下遇见了……流苏，也许我会对你有一点真心。"

　　好一个天际辽阔胸襟浩荡的境界！在这中篇里，无异平凡的田野中忽然现出一片无垠的流沙。但也像流沙一样，不过动荡着显现了一刹那。等到预感的毁灭真正临到了，完成了，柳原的神经却只在麻痹之上多加了一些疲倦。从前一刹那的觉醒早已忘记了。他从没再加思索，连终于实现了的"一点真心"也不见得如何可靠。只有流苏，劫后舒了一口气，淡淡地浮起一些感想：

> 流苏拥被坐着，听着那悲凉的风。她确实知道浅水湾附近，灰砖砌的一面墙，一定还屹然站在那里……她仿佛做梦似的，又来到墙根下，迎面来了柳原……在这动荡的世界里，钱财，地产，天长地久的一切，全不可靠了。靠得住的只有她腔子里的这口气，还有睡在她身边的这个人。她突然移到柳原身边，隔着他的棉被拥抱着他。他从被窝里伸出手来握住她的手。他们把彼此看得透明透亮，仅仅是一刹那彻底的谅解，然而这一刹那够他们在一起和谐地活个十年八年。

两人的心理变化，就只这一些。方舟上的一对可怜虫，只有"天长地久的一切全不可靠了"这样淡漠的惆怅。倾城大祸（给予他们的痛苦实在太少，作者不曾尽量利用对比），不过替他们收拾了残局；共患难的果实，"仅仅是一刹那的彻底的谅解"，仅仅是"活个十年八年"的念头。笼统的感慨，不彻底的反省。病态文明培植了他们的轻佻，残酷的毁灭使他们感到虚无，幻灭。同样没有深刻的反应。

而且范柳原真是一个这么枯涸的（Fade）人么？关于他，作者为何从头至尾只写侧面？在小说中他不是应该和流苏占着同等地位，是第二主题么？他上英国的用意，始终暧昧不明；流苏隔被扑抱他的时候，当他说"那时候太忙着谈恋爱了，哪里还有工夫恋爱"的时候，他竟没进一步吐露真正切实的心腹。"把彼此看得透明透亮"，未免太速写式地轻轻带过了。可是这里正该是强有力的转折点，应该由作者全副精神去对付的啊！错过了这最后一个高峰，便只有平凡的、庸碌鄙俗的下山路了。柳原宣布登报结婚的消息，使流苏快活得一会儿哭一会儿笑，柳原还有那种 Cynical 的闲适去"羞她的脸"，到上海以后，"他把他的俏皮话省下来说给旁的女人听"。由此看来，他只是一个暂时收了心的唐·裘安，或是伊林华斯勋爵一流的人物。

"他不过是一个自私的男子，她不过是一个自私的女人。"但他们连自私也没有迹象可寻。"在这兵荒马乱的时代，个人主义者是无处容身的。可是总有地方容得下一对平凡的夫妻。"世界上有的是平凡，我不抱怨作者多写了一对平凡的人。但战争使范柳原恢复一些人性，使把婚姻当职业看的流苏有一些转变（光是觉得靠得住的只有腔子里和身边的这个人，是不够说明她的转变的），也不能算是怎样的不平凡。平凡并非没有深度的意思。并且人物的平凡，只应该使作品不平凡。显然，作者把她的人物过于仓促地送走了。

勾勒得不够深刻，是因为对人物思索得不够深刻，生活得不够深刻，并且作品的重心过于偏向顽皮而风雅的调情，倘再从小节上检视一下的话，那么，流苏"没念过两句书"而居然够得上和柳原针锋相对，未免是个大漏洞。离婚以前的生活经验毫无追叙，使她离家以前和以后的思想引动显得不可解。这些都减少了人物的现实性。

总之，《倾城之恋》的华彩胜过了骨干；两个主角的缺陷，也就是作品本身的缺陷。

三、短篇和长篇

恋爱与婚姻，是作者至此为止的中心题材；长长短短六七件作品，只是 variations upon a theme。遗老遗少和小资产阶级，全都为男女问题这噩梦所苦。噩梦中老是淫雨连绵的秋天，潮腻腻，灰暗，肮脏，窒息的腐烂的气味，像是病人临终的房间。烦恼，焦急，挣扎，全无结果，噩梦没有边际，也就无从逃避。零星的折磨，生死的苦难，在此只是无名的浪费。青春，热情，幻想，希望，都没有存身的地方。川嫦的卧房，姚先生的家，封锁期的电车车厢，扩大起来便是整个社会。一切之上，还有一只瞧不及的巨手张开着，不知从哪儿重重地压下来，压痛每个人的心房。这样一幅图画印在劣质的报纸上，线条和黑白的对照迷糊一些，就该和张女士的短篇气息差不多。

为什么要用这个譬喻？因为她阴沉的篇幅里，时时渗入轻松的笔调，俏皮的口吻，好比一些闪烁的磷火，教人分不清这微光是黄昏还是曙色。有时幽默的分量过了分，悲喜剧变成了趣剧。趣剧不打紧，但若沾上了轻薄味（如《琉璃瓦》），艺术给摧残了。

明知挣扎无益，便不挣扎了。执着也是徒然，便舍弃了。这是地道的东方精神。明哲与解脱，可同时是卑怯，懦弱，懒惰，虚无。反映到艺术品上，便是没有波澜的寂寂的死气，不一定有美丽而苍凉的手势来点缀。川嫦没有和病魔奋斗，没有丝毫意志的努力。除了向世界遗憾地投射一眼之外，她连抓住世界的念头都没有，不经战斗的投降。自己的父母与爱人对她没有深切的留恋，读者更容易忘记她，而她还是许多短篇中刻画得最深的人物！

微妙尴尬的局面，始终是作者最擅长的一手。时代、阶级、教育、利害观念完全不同的人相处在一块时所有暧昧含糊的情景，没有人比她传达得更真切。各种心理互相摸索，摩擦，进攻，闪避，显得那么自然而风趣，好似古典舞中一边摆着架势（Figure）一边交换舞伴那样轻盈，潇洒，熨帖。这种境界稍有过火或稍有不及，《封锁》与《年青的时候》中细腻娇嫩的气息就会给破坏，从而带走了作品全部的魅力，然而这巧妙的技术，本身不过是一种迷人的奢侈；倘使不把它当作完成主题的手段（如《金锁记》中这些技术的作用），那么，充其量也只能制造一些小古董。

在作者第一个长篇只发表了一部分的时候来批评，当然是不免唐突的。但其中暴露的缺陷的严重，使我不能保持谨慈的缄默。

《连环套》的主要弊病是内容的贫乏。已经刊布了四期，还没有中心思想显露。霓喜和两个丈夫的历史，仿佛是一串五花八门、西洋镜式的小故事杂凑而成的。没有心理的进展，因此也看不见潜在的逻辑，一切穿插都失掉了意义。雅赫雅是印度人，霓喜是广东养女，就这两点似乎应该是第一环的主题所在。半世纪前印度商人对中国女子的看法，即使逃不出玩物二字，难道没有旁的特殊心理？他是殖民地种族，但在香港和中国人的地位不同，再加上是大绸缎铺子的主人。可是《连环套》中并无这二三个因素错杂的作用。养女（而且是广东的养女）该有养女的心理，对她一生都有影响。一朝移植之后，势必有一个演化蜕变的过程，决不会像作者所写的，她一进绸缎店，仿佛从小就在绸缎店里长大的样子。我们既不觉得雅赫雅买的是一个广东养女，也不觉得广东养女嫁的是一个印度富商。两个典型的人物都给中和了。错失了最有意义的主题，丢开了作者最擅长的心理刻画，单凭着丰富的想象，逞着一支流转如踢踏舞似的笔，不知不觉走上了纯粹趣味性的路。除了最初一段，越往后越着重情节，一套又一套的戏法（我几乎要说是噱头），突兀之外还要突兀，刺激之外还要刺激，仿佛作者跟自己比赛似的，每次都要打破上一次的纪录，像流行的剧本一样，也像歌舞团的接二连三的节目一样，教读者眼花缭乱，应接不暇。描写色情的地方（多的是！），简直用起旧小说和京戏——尤其是梆子戏——中最要不得而最叫座的镜头！《金锁记》的作者不惜用这种技术来给大众消闲和打哈哈，未免太出人意料了。至于人物的缺少真实性，全都弥漫着恶俗的漫画气息，更是把 Taste "看成了脚下的泥"。西班牙女修士的行为，简直和中国从前的三姑六婆一模一样。我不知半世纪前香港女修院的清规如何，不知作者在史实上有何根据，但她所写的，倒更近于欧洲中世纪的丑史，而非她这部小说里应有的现实。其实，她的人物不是外国人，便是广东人。即使地方色彩在用语上无法积极地标示出来，至少也不该把纯粹《金瓶梅》《红楼梦》的用语，硬嵌入西方人和广东人嘴里。这种错乱得可笑的化装，真乃不可思议。风格也从没像在《连环套》中那样自贬得厉害。节奏，风味，品格，全不讲了。措辞用语，处处显出"信笔所之"的神气，甚至往腐化的路上走。《倾城之恋》的前半篇，偶尔已看到"为了宝络这头亲，却忙得鸦飞雀乱，人仰马翻"的套语；幸而那时还有节制，不过小疵而已，但到了《连环套》，这小疵竟越来越多，像流行病的细菌一样了——"两个嘲戏做一堆"，"是那个贼囚根子在他跟前……"，"一路上凤尾森森，香尘细细"，"青山绿水，观之不足，看之有余"，"三人分花拂柳"，"衔恨于心，不在话下"，"见了这等人物，如何不喜"，

"……暗暗点头，自去报信不提"，"他触动前情，放出风流债主的手段"，"有话即长，无话即短"，"那内侄如同箭穿雁嘴，钩搭鱼腮，作声不得"……这样的滥调，旧小说的渣滓，连现在的鸳鸯蝴蝶派和黑幕小说家也觉得恶俗而不用了，而居然在这里出现。岂不也太像奇迹了吗？

在扯了满帆、顺流而下的情势中，作者的笔锋"熟极而流"，再也把不住舵。《连环套》逃不过刚下地就夭折的命运。

四、结论

我们在篇首举出一般创作的缺陷，张女士究竟填补了多少呢？一大部分，也是一小部分。心理观察，文字技巧，想象力，在她都已不成问题。这些优点对作品真有贡献的，却只《金锁记》一部。我们固不能要求一个作家只产生杰作，但也不能坐视她的优点把她引入危险的歧途，更不能听让新的缺陷去填补旧的缺陷。

《金锁记》和《倾城之恋》，以题材而论似乎前者更难处理，而成功的却是那更难处理的。在此见出作者的天分和功力。并且她的态度，也显见对前者更严肃，作品留在工厂里的时期也更长久。《金锁记》的材料大部分是间接得来的；人物和作者之间，时代、环境、心理，都距离甚远，使她不得不丢开自己，努力去生活在人物身上，顺着情欲发展的逻辑，尽往第三者的个性里钻，于是她触及了鲜血淋漓的现实。至于《倾城之恋》，也许因为作者身经危城劫难的印象太强烈了，自己的感觉不知不觉过量地移注在人物身上，减少客观探索的机会。她和她的人物同一时代，更易混入主观的情操。还有那漂亮的对话，似乎把作者首先迷住了；过度地注意局部，妨害了全体的完成。只要作者不去生活在人物身上，不跟着人物走，就免不了肤浅之病。

小说家最大的秘密，在能跟着创造的人物同时演化。生活经验是无穷的。作家的生活经验怎样才算丰富是没有标准的。人寿有限，活动的环境有限；单凭外界的材料来求生活的丰富，决不够成为艺术家。唯有在众生身上去体验人生，才会使作者和人物同时进步，而且渐渐超过自己。巴尔扎克不是在第一部小说成功的时候，就把人生了解得那么深，那么广的。他也不是对贵族、平民、劳工、富商、律师、诗人、画家、荡妇、老处女、军人……那些种类万千的心理，分门别类的一下子都研究明白，了如指掌之后，然后动笔写作的。现实世界所有的不过是片段的材料，片段的暗示；经小说家用心理学家的眼光、科学家的耐心、宗教家的热诚，依照严密的逻辑推索下去，忘记了自我，化身为故事中的角色（还要走多少回头路，白花多少心力），陪着他们身心的探险，陪他们笑，陪他们哭，才能获得作者实际未曾有的经历。一切的大艺术家就是这样一面工作一面学习的。这些平凡的老话，张女士当然知道。不过作家所遇到的诱惑特别多，也许旁的更悦耳的声音，在她耳畔盖住了老生常谈的单调的声音。技巧对张女士是最危险的诱惑。无论哪一部门的艺术家，等到技巧成熟过度，成了格式，就不免要重复他自己。在下意识中，技能像旁的本能一样时时骚动着，要求一显身手的机会，不问主人胸中有没有东西需要它表现，结果变成了文字游戏。写作的目的和趣味，仿佛就在花花絮絮的方块字的堆砌上。任何细胞过度的膨胀，都会变成癌。其实，彻底地说，技巧也没有止境。一种题材，一种内容，需要一种特殊的技巧去适应。所以真正的艺术家，他的心灵探险史，往往就是和技巧的战斗史。人生形象之多，岂有一二套衣装就够穿戴之理？把握住了这一点，技巧永久不会成癌，也就无所谓危险了。

文学遗产记忆过于清楚，是作者另一危机。把旧小说的文体运用到创作上来，虽在适当的限度内不无情趣，究竟近于玩火，一不留神，艺术会给它烧毁的。旧文体不能直接搬过来，正如不能把西洋的文法和修辞直接搬用一样。何况俗套滥调，在任何文字里都是毒素！希望作者从此和它们隔离起来。她自有她净化的文体。《金锁记》的作者没有理由往后退。

聪明机智成了习气，也是一块绊脚石。王尔德派的人生观，和东方式的"人生朝露"的腔调混合起来，是没有前程的。它只能使心灵从洒脱而空虚而枯涸，使作者离开艺术，离开人，埋葬在沙龙里。

我不责备作者的题材只限于男女问题，但除了男女以外，世界究竟还辽阔得很。人类的情欲也不仅仅限于一二种。假如作者的视线改换一下角度的话，也许会摆脱那种淡漠的贫血的感伤情调；或者痛快成为一个彻底的悲观主义者，把人生剥出一个血淋淋的面目来。我不是鼓励悲观。但心灵的窗子不会嫌开得太多，因为可以免除单调与闭塞。

总而言之，才华最爱出卖人！像张女士般有多面的修养而能充分运用的作家（绘画、音乐、历史的运用，使她的文体特别富丽动人），单从《金锁记》到《封锁》，不过如一杯沏过几次开水的龙井，味道淡了些。即使如此，也嫌太奢侈、太浪费了。但若取悦大众（或只是取悦自己来满足技巧欲——因为作者可能谦抑说：我不过写着玩儿的）到写日报连载小说（Feuilleton）和所谓Fiction的地步那样的倒车开下去，老实说，有些不堪设想。

宝石镶嵌的图画被人欣赏，并非为了宝石的彩色。少一些光芒，多一些深度，少一些辞藻，多一些实质，作品只会有更完满的收获。多写，少发表，尤其是服侍艺术最忠实的态度。（我知道作者发表的决非她的处女作，但有些大作家早年废弃的习作，有三四十部小说从未问世的记录。）文艺女神的贞洁是最宝贵的，也是最容易被污辱的。爱护她就是爱护自己。

一位旅华数十年的外侨和我闲谈时说起："奇迹在中国不算稀奇，可是都没有好收场。"但愿这两句话永远扯不到张爱玲女士身上！

晒书记

/梁实秋

《世说新语》："郝隆七月七日，出日中仰卧，人问其故，曰：'我晒书。'"

我曾想，这位郝先生直挺挺地躺在七月的骄阳之下，晒得浑身滚烫，两眼冒金星，所为何来？他当然不是在做日光浴，书上没有说他脱光了身子。他本不是刘伶那样的裸体主义者。我想他是故作惊人之状，好引起"人问其故"，他好说出他的那一句惊人之语"我晒书"。如果旁人视若无睹，见怪不怪，这位郝先生也只好站起来拍拍衣服上的灰尘而去。郝先生的意思只是要向侪辈夸示他的肚里全是书。书既装在肚里，其实就不必晒。

不过我还是很羡慕郝先生之能把书藏在肚里，至少没有晒书的麻烦。我很爱书，但不一定是爱读书。数十年来，书也收藏了一点，可是并没有能尽量地收藏到肚里去。到如今，腹笥还是很俭。所以读到《世说新语》这一则，便有一点惭愧。

先严在世的时候，每次出门回来必定买回一包包的书籍。他喜欢研究的主要是小学，旁及于金石之学，积年累月，收集渐多。我少时无形中亦感染了这个嗜好，见有合意的书即欲购来而后快。限于资力学力，当然谈不到什么藏书的规模。不过汗牛充栋的情形却是体会到了，搬书要爬梯子，晒一次书要出许多汗，只是出汗的是人，不是牛。每晒一次书，全家老小都累得气咻咻然，真是天翻地覆的一件大事。见有衣鱼蛀蚀，先严必定蹙额太息，感慨地说："有书不读，叫蠹鱼去吃也罢。"刻了一颗小印，曰"饱蠹楼"，藏书所以饱蠹而已。我心里很难过，家有藏书而用以饱蠹，子女不肖，贻先人羞。

丧乱以来，所有的藏书都弃置在家乡，起先还叮嘱家人要按时晒书，后来音信断绝也就无法顾到了。仓皇南下之日，我只带了一箱书籍，辗转播迁，历尽艰苦。曾穷三年之力搜购杜诗六十余种版本，因体积过大亦留在大陆，从此不敢再作藏书之想。此间炎热，好像蠹鱼繁殖特快，随身带来的一些书籍竟被蛀蚀得体无完肤，情况之烈前所未有。日前放晴，运到阶前展晒，不禁想起从前在家乡晒书，往事历历，如在目前。南渡诸贤，新亭对泣，联想当时确有不得不然的道理在。我正在徇偻着背，一册册地拂拭，有客适适然来，看见阶上阶下五色缤纷的群籍杂陈，再看到书上蛀蚀透背的惨状，对我发出轻微的嘲笑道："读书人竟放任蠹虫猖狂乃尔。"我回答说："书有未曾经我读，还需拿出曝晒，正有愧于郝隆；但是造物小儿对于人的身心之蛀蚀，年复一年，日益加深，使人意气消沉，使人形销骨毁，其惨烈恐有甚于蠹鱼之蛀书本者。人生贵适意，蠹鱼求一饱，两俱相忘，何必戚戚？"客嘿然退。乃收拾残卷，拖入室内。而内心激动，久久不平，想起饱蠹楼前趋庭之日，自惭老大，深愧未学，忧思百结，不得了脱，夜深人静，爰濡笔为之记。

肆

那时的大学

梦萦水木清华

／季羡林

离开清华园已经五十多年了，但是我经常想到她，我无论如何也忘不掉清华的四年学习生活。如果没有清华母亲的哺育，我大概会是一事无成的。

在30年代初期，清华和北大的门槛是异常高的。往往有几千学生报名投考，而被录取的还不到十分甚至二十分之一。因此，清华学生的素质是相当高的，而考上清华，多少都有点自豪感。

我当时是极少数的幸运儿之一，北大和清华我都考取了。经过了一番艰苦的思考，我决定入清华。原因也并不复杂，据说清华出国留学方便些。我以后没有后悔。清华和北大各有其优点，清华强调计划培养，严格训练；北大强调兼容并包，自由发展，各极其妙，不可偏执。

在校风方面，两校也各有其特点。清华校风我想以八个字来概括：清新、活泼、民主、向上。我只举几个小例子。新生入学，第一关就是"拖尸"，这是英文字"toss"的音译。意思是，新生在报到前必须先到体育馆，旧生好事者列队在那里对新生进行"拖尸"。办法是，几个彪形大汉把新生的两手、两脚抓住，举了起来，在空中摇晃几次，然后抛到垫子上，这就算是完成了手续，颇有点像《水浒传》上提到的杀威棍。墙上贴着大字标语："反抗者入水！"游泳池的门确实敞开着。我因为有同乡大学篮球队长许振德保驾，没有被"拖尸"。至今回想起来，颇以为憾：这个终生难遇的机会轻轻放过，以后想补课也不行了。

这个从美国输入的"舶来品"，是不是表示旧生"虐待"新生呢？我不认为是这样。我觉得，这里面并无一点敌意，只不过是对新伙伴开一点玩笑，其实是充满了友情的。这种表示友情的美国方式，也许有人看不惯，觉得洋里洋气的。我的看法正相反。我上面说到清华校风清新和活泼，就是指的这种"拖尸"，还有其他一些行动。

我为什么说清华校风民主呢？我也举一个小例子。当时教授与学生之间有一条鸿沟，不可逾越。教授每月薪金高达三四百元大洋，可以购买面粉二百多袋，鸡蛋三四万个。他们的社会地位极高，往往目空一切，自视高人一等，学生接近他们比较困难。但这并不妨碍学生开教授的玩笑。开玩笑几乎都在《清华周刊》上。这是一份由学生主编的刊物，文章生动活泼，而且图文并茂。现在著名的戏剧家孙浩然同志，就常用"古巴"的笔名在《周刊》上发表漫画。有一天，俞平伯先生忽然大发豪兴，把脑袋剃了个精光，大摇大摆，走上讲台，全堂为之愕然。几天以后，《周刊》上就登出了文章，讽刺俞先生要出家当和尚。

第二件事情是针对吴雨僧（宓）先生的。他正教我们"中西诗之比较"这一门课。在课堂上，他把自己的新作《空轩》十二首诗印发给学生。这十二首诗当然意有所指，究竟指的是什么？我们说不清楚。反正当时他正在多方面地谈恋爱，这些诗可能与此有关。他热爱毛彦文是众所周知的。他的诗句："吴宓苦爱□□□（毛彦文），三洲人士共惊闻。"是夫子自道。《空轩》诗发下来不久，校刊上就刊出了一首七律今译，我只记得前一半：

一见亚北貌似花，顺着秫秸往上爬。

单独进攻忽失利，跟踪盯梢也挨刷。

最后一句是："椎心泣血叫妈妈。"诗中的人物呼之欲出，熟悉清华今典的人都知道是谁。

学生同俞先生和吴先生开这样的玩笑，学生觉得好玩，威严方正的教授也不以为忤。这种气氛我觉得很和谐有趣。你能说这不民主吗？这样的琐事我还能回忆起一些来，现在不再啰唆了。

清华学生一般都非常用功，但同时又勤于锻炼身体。每天下午四点以后，图书馆中几乎空无一人，而体育馆内则是人山人海，著名的"斗牛"正在热烈进行。操场上也挤满了跑步、踢球、打球的人。到了晚饭以后，图书馆里又是灯火通明，人人伏案苦读了。

根据上面谈到的各方面的情况，我把清华校风归纳为八个字：清新、活泼、民主、向上。

我在这样的环境中生活、学习了整整四个年头，其影响当然是非同小可的。至于清华园的景色，更是有口皆碑，而且四时不同：春则繁花烂漫，夏则藤影荷声，秋则枫叶似火，冬则白雪苍松。其他如西山紫气，荷塘月色，也令人忆念难忘。

我所知道的康桥

一

我这一生的周折，大都寻得出感情的线索。不论别的，单说求学。我到英国是为要从罗素。罗素来中国时，我已经在美国。他那不确的死耗传到的时候，我真的出眼泪不够，还做悼诗来了。他没有死，我自然高兴。我摆脱了哥伦比亚大学博士衔的引诱，买船票过大西洋，想跟这位二十世纪的福禄泰尔认真念一点书去。谁知一到英国才知道事情变样了：一为他在战时主张和平，二为他离婚，罗素叫康桥给除名了，他原来是 Trinity College 的 Fellow，这来他的 Fellowship 也给取消了。他回英国后就在伦敦住下，夫妻两人卖文章过日子。因此我也不曾遂我从学的始愿。我在伦敦政治经济学院里混了半年，正感着闷想换路走的时候，我认识了狄更生先生。狄更生——Galsworthy Lowes Dickinson——是一个有名的作者，他的《一个中国人通信》（Letters From John Chinaman）与《一个现代聚餐谈话》（A Modern Symposium）两本小册子早得了我的景仰。我第一次会着他是在伦敦国际联盟协会席上，那天林宗孟先生演说，他做主席；第二次是宗孟寓里吃茶，有他。以后我常到他家里去。他看出我的烦闷，劝我到康桥去，他自己是王家学院（Kings College）的 Fellow。我就写信去问两个学院，回信都说学额早满了，随后还是狄更生先生替我去在他的学院里说好了，给我一个特别生的资格，随意选科听讲。从此黑方巾黑披袍的风光也被我占着了。初起我在离康桥六英里的乡下叫沙士顿地方租了几间小屋住下，同居的有我从前的夫人张幼仪女士与郭虞裳君。每天一早我坐街车（有时自行车）上学，到晚回家。这样的生活过了一个春，但我在康桥还只是个陌生人，谁都不认识，康桥的生活，可以说完全不曾尝着，我知道的只是一个图书馆，几个课室，和三两个吃便宜饭的茶食铺子。狄更生常在伦敦或是大陆上，所以也不常见他。那年的秋季我一个人回到康桥，整整有一学年，那时我才有机会接近真正的康桥生活，同时我也慢慢地"发现"了康桥。我不曾知道过更大的愉快。

二

"单独"是一个耐寻味的现象。我有时想它是任何发现的第一个条件。你要发现你的朋友的"真"，你得有与他单独的机会。你要发现你自己的真，你得给你自己一个单独的机会。你要发现一个地方（地方一样有灵性），你也得有单独玩的机会。我们这一辈子，认真说，能认识几个人？能认识几个地方？我们都是太匆忙，太没有单独的机会。说实话，我连我的本乡都没有什么了解。康桥我要算是有相当交情的，再次许只有新认识的翡冷翠了。啊，那些清晨，那些黄昏，我一个人发痴似的在康桥！绝对的单独。

但一个人要写他最心爱的对象，不论是人是地，是多么使他为难的一个工作？你怕，你怕描坏了它，你怕说过分了恼了它，你怕说太谨慎了辜负了它。我现在想写康桥，也正是这样的心理，我不曾写，我就知道这回是写不好的——况且又是临时逼出来的事情。但我却不能不写，上期预告已经出去了。我想勉强分两节写，一是我所知道的康桥的天然景色，一是我所知道的康桥的学生生活。我今晚只能极简地写些，等以后有机会时再补。

三

康桥的灵性全在一条河上：康河，我敢说，是全世界最秀丽的一条水。河的名是葛兰大（Granta），也有叫康河（River Caun）的，许有上下流的区别，我不甚清楚。河身多的是曲折，上游是有名的拜伦潭——"Byron's Pool"——当年拜伦常在那里玩的；有一个老村子叫格兰骞斯德，有一个果子园，你可以躺在累累的桃李树荫下吃茶，花果会掉入你的茶杯，小雀子会到你桌上来啄食，那真是别有一番天地。这是上游，下游是从骞斯德顿下去，河面展开，那是春夏间竞舟的场所。上下河分界处有一个坝筑，水流急得很，在星光下听水声，听近村晚钟声，听河畔倦牛刍草声，是我康桥经验中最神秘的一种：大自然的优美，宁静，调谐在这星光与波光的默契中不期然地淹入了你的性灵。

但康河的精华是在它的中权，著名的"Backs"，这两岸是几个最蜚声的学院的建筑。从上面下来是Pembroke，St.Katharine's，King's，Clare，Trinity，St.John's。最令人流连的一篇是克莱亚与王家学院的毗连处，克莱亚的秀丽紧邻着王家教堂（King's Chapel）的宏伟。别的地方尽有更美更庄严的建筑，例如巴黎赛因河的罗浮宫一带，威尼斯的利阿尔多大桥的两岸，翡冷翠维基乌大桥的周遭；但康桥的"Backs"自有它的特长，这不容易用一二个状词来概括，它那脱离尽尘埃气的一种清澈秀逸的意境可说是超出了画面而化生了音乐的神味。再没有比这一群建筑更调谐更匀称的了！论画，可比的许只有柯罗（Corot）的田野；论音乐，可比的许只有肖邦（Chopin）的夜曲。就这也不能给你依稀的印象，它给你的美感简直是神灵性的一种。

假如你站在王家学院桥边的那棵大槐树荫下眺望，右侧面，隔着一大方浅草坪，是我们的校友居（Fellows Building），那年代并不早，但它的妩媚也是不可掩的，它那苍白的石壁上春夏间满缀着艳色的蔷薇在和风中摇颤，更移左是那教堂，森林似的尖阁不可浼的永远直指着天空；更左是克莱亚，啊！那不可信的玲珑的方庭，谁说这不是圣克莱亚（St.Clare）的化身，那一块石上不闪耀着她当年圣洁的精神？在克莱亚后背隐约可辨的是康桥最潢贵最骄纵的三清学院（Trinity），它那临河的图书楼上坐镇着拜伦神采惊人的雕像。

但这时你的注意早已叫克莱亚的三环洞桥魔术似的摄住。你见过西湖白堤上的西泠断桥不是？（可怜它们早已叫代表近代丑恶精神的汽车公司给踩平了，现在它们跟着苍凉的雷峰永远辞别了人间。）你忘不了那桥上斑驳的苍苔，木栅的古色，与那桥拱下泄露的湖光与山色不是？克莱亚并没有那样体面的衬托，它也不比庐山栖贤寺旁的观音桥，上瞰五老的奇峰，下临深潭与飞瀑；他只是怯怜怜的一座三环洞的小桥，它那桥洞间也只掩映着细纹的波澜与婆娑的树影，它那桥上栉比的小穿阑与阑节顶上双双的白石球，也只是村姑子头上不夸张的香草与野花一类的装饰；但你凝神地看着，更凝神地看着，你再反省你的心境，看还有一丝屑的俗念沾滞不？只要你审美的本能不曾泯灭时，这是你的机会实现纯粹美感的神奇！

但你还得选你赏鉴的时辰。英国的天时与气候是走极端的。冬天是荒谬的坏，逢着连绵的雾盲天你一定不迟疑地甘愿进地狱本身去试试，春天（英国是几乎没有夏天的）是更荒谬的可爱，尤其是它那四五月间最渐缓最艳丽的黄昏，那才真是寸寸黄金。在康河边上过一个黄昏是一服灵魂的补剂。啊！我那时蜜甜的单独，那时甜蜜的闲暇，一晚又一晚的，只见我出神似的倚在桥阑上向西天凝望：——

> 看一回凝静的桥影，
>
> 数一数螺钿的波纹；
>
> 我倚暖了石阑的青苔，
>
> 青苔凉透了我的心坎；……

还有几句更笨重的怎能仿佛那游丝似轻妙的情景：

> 难忘七月的黄昏，远树凝寂，
>
> 像墨泼的山形，衬出轻柔暝色，

密稠稠，七分鹅黄，三分橘绿，

那妙意只可去秋梦边缘捕捉……

四

这河身的两岸都是四季常青最葱翠的草坪。从校友居的楼上望去，对岸草场上，不论早晚，永远有十数匹黄牛与白马，胫蹄没在恣蔓的草丛中，从容地在咬嚼，星星的黄花在风中动荡，应和着它们尾鬃的扫拂。桥的两端有斜倚的垂柳与槐荫护住。水是彻底的清澄，深不足四尺，均匀地长着长条的水草。这岸边的草坪又是我的爱宠，在清朝，在傍晚，我常去这天然的织锦上坐地，有时读书，有时看水；有时仰卧着看天空的行云，有时反扑着搂抱大地的温软。

但河上的风流还不止两岸的秀丽。你得买船去玩。船不止一种：有普通的双桨划船，有轻快的薄皮舟（Canoe），有最别致的长形撑篙船（Punt）。最末的一种是别处不常有的：约莫有二丈长，三尺宽，你站直在船艄上用长竿撑着走的。这撑是一种技术。我手脚太蠢，始终不曾学会。你初起手尝试时，容易把船身横住在河中，东颠西撞的狼狈。英国人是不轻易开口笑人的，但是小心他们不出声地皱眉！也不知有多少次河中本来悠闲的秩序叫我这莽撞的外行给搅乱了。我真的始终不曾学会：每回我不服输去租船再试的时候，有一个白胡子的船家往

157

往带讥讽地对我说："先生，这撑船费劲，天热累人，还是拿个薄皮舟遛遛吧！"我哪里肯听话，长篙子一点就把船撑了开去，结果还是把河身一段段的腰斩了去！

你站在桥上去看人家撑，那多不费劲，多美！尤其在礼拜天有几个专家的女郎，穿一身缟素衣服，裙裾在风前悠悠地飘着，戴一顶宽边的薄纱帽，帽影在水草间颤动，你看她们出桥洞时的姿态，拈起一根竟像没分量的长竿，只轻轻地，不经心地往波心里一点，身子微微地一蹲，这船身便波地转出了桥影，翠条鱼似的向前滑了去。她们那敏捷，那闲暇，那轻盈，真是值得歌咏的。

在初夏阳光渐暖时你去买一只小船，划去桥边荫下躺着念你的书或是做你的梦，槐花香在水面上漂浮，鱼群的唼喋声在你的耳边挑逗。或是在初秋的黄昏，近着新月的寒光，望上流僻静处远去。爱热闹的少年们携着他们的女友，在船沿上支着双双的东洋彩纸灯，带着话匣子，船心里用软垫铺着，也开向无人迹处去享他们的野福——谁不爱听那水底翻的音乐在静定的河上描写梦意与春光！

住惯城市的人不易知道季候的变迁。看见叶子掉知道是秋，看见叶子绿知道是春；天冷了装炉子，天热了拆炉子；脱下棉袍，换上夹袍，脱下夹袍，穿上单袍。不过如此罢了。天上星斗的消息，地下泥土里的消息，空中风吹的消息，都不关我们的事。忙着哪，这样那样事情多着，谁耐烦管星星的移转，花草的消长，风云的变幻？同时我们抱怨我们的生活，苦痛，烦闷，拘束，枯燥，谁肯承认做人是快乐？谁不多少诅咒人生？

但不满意的生活大都是由于自取的。我是一个生命的信仰者，我信生活绝不是我们大多数人仅仅从自身经验推得的那样暗惨。我们的病根是在"忘本"。人是自然的产儿，就比枝头的花与鸟是自然的产儿；但我们不幸是文明人，人世深似一天，离自然远似一天。离开了泥土的花草，离开了水的鱼，能快活吗？能生存吗？从大自然，我们取得我们的生命；从大自然，我们取得我们继续的滋养。哪一株婆娑的大木没有盘错的根柢深入在无尽藏的地里？我们是永远不能独立的。有幸福是永远不离母亲抚育的孩子，有健康是永远接近自然的人们。不必一定与鹿豕游，不必一定回"洞府"去；为医治我们当前生活枯窘，只要"不完全遗忘自然"一张轻淡的药方我们的病象就有缓和的希望。在青草里打几个滚，到海水里洗几次浴，到高处去看几次朝霞与晚照——你肩背上的负担就会轻松了去的。

这是极肤浅的道理，当然。但我要没有过康桥的日子，我就不会有这样的自信。我这一辈子就只那一春，说也可怜，算是不曾虚度。就只那一春，我的生活是自然的，是真愉快的！（虽则碰巧那也是我最感受人生痛苦的时期。）我那时有的是闲暇，有的是自由，有的是绝对单独的机会。说也奇怪，竟像是第一次，我辨认了星月的光明，草的青，花的香，流水的殷勤。我能忘记那初春的睥睨吗？曾经有多少个清晨我独自冒着冷薄霜铺地的林子里闲步——为听鸟语，为盼朝阳，为寻泥土里渐次苏醒的花草，为体会最微细最神妙的春信。啊，那是新来的画眉在那边凋不尽的青枝上试它的新声！啊，这是第一朵小雪球花挣出了半冻的地面！啊，这不是新来的潮润沾上了寂寞的柳条？

静极了，这朝来水溶溶的大道，只远处牛奶车的铃声，点缀着周遭的沉默。顺着这大道走去，走到尽头，再转入林子里的小径，往烟雾浓密处走去，头顶是交枝的榆荫，透露着漠楞楞的曙色；再往前走去，走尽这林子，当前是平坦的原野，望见了村舍，初青的麦田，更远三两个馒形的小山掩住了一条通道。天边是雾茫茫的，尖尖的黑影是近村的教寺。听，那晓钟和缓的清音。这一带是此邦中部的平原，地形像是海里的轻波，默沉沉的起伏，山岭是望不见的，有的是常青的草原与沃腴的田壤。登那土阜上望去：康桥只是一带茂林，拥戴着几处娉婷的尖阁。妩媚的康河也望不见踪迹，你只能循着那锦带似的林木想象那一流清浅。村舍与树林是这地盘上的棋子，有村舍处有佳荫，有佳荫处有村舍。这早起是看炊烟的时辰：朝雾渐渐地升起，揭开了这灰苍苍的天幕（最好是微霰后的光景），远近的炊烟，成丝的，成缕的，成卷的，轻快的，迟重的，浓灰的，淡青的，惨白的，在静定的朝气里渐渐地上腾，渐渐地不见，仿佛是朝来人们的祈祷，参差的羼入了天听。朝阳是难得见的，这初春的天气。但它来时是起早人莫大的愉快。顷刻间这田野添深了颜色，一层轻纱似的金粉糁上了这草，这树，这通道，这庄舍。顷刻间这周遭弥漫了清晨富丽的温柔。顷刻间你的心怀也分润了白天诞生的光荣。"春"！这胜利的晴空仿佛在你的耳边私语。"春"！你那快活的灵魂也仿佛在那里回响。

伺候着河上的风光，这春来一天有一天的消息。关心石上的苔痕，关心败草里的花鲜，关心这水流的缓急，关心水草的滋长，关心天上的云霞，关心新来的鸟语。怯怜怜的小雪球是探春信的小使。铃兰与香草是欢喜的初声。窈窕的莲馨，玲珑的石水仙，爱热闹的克罗克斯，耐辛苦的蒲公英与雏菊——这时候春光已是缦烂在人间，更不须殷勤问讯。

瑰丽的春放。这是你野游的时期。可爱的路政，这里不比中国，哪一处不是坦荡荡的大道？徒步是一个愉快，但骑自转车是一个更大的愉快。在康桥骑车是普遍的技术；妇人，稚子，老翁，一致享受这双轮舞的快乐。（在康桥听说自转车是不怕人偷的，就为人人都自己有车，没人要偷。）任你选一个方向，任你上一条通道，顺着这带草味的和风，放轮远去，保管你这半天的逍遥是你性灵的补剂。——这道上有的是清荫与美草，随地都可以供你休憩。你如爱花，这里多的是锦绣似的草原。你如爱鸟，这里多的是巧啭的鸣禽。你如爱儿童，这乡间到处是可亲的稚子。你如爱人情，这里多的是不嫌远客的乡人，你到处可以"挂单"借宿，有酪浆与嫩薯供你饱餐，有夺目的果鲜恣你尝新。你如爱酒，这乡间每"望"都为你储有上好的新酿，黑啤如太浓，苹果酒姜酒都是供你解渴润肺的。……带一卷书，走十里路，选一块清静地，看天，听鸟，读书，倦了时，和身在草绵绵处寻梦去——你能想象更适情更适性的消遣吗？

陆放翁有一联诗句："传呼快马迎新月，却上轻舆趁晚凉。"这是做地方官的风流。我在康桥时虽没马骑，没轿子坐，却也有我的风流：我常常在夕阳西晒时骑了车迎着天边扁大的日头直追。日头是追不到的，我没有夸父的荒诞，但晚景的温存却被我这样偷尝了不少。有三两幅画图似的经验至今还栩栩地留着。只说看夕阳，我们平常只知道登山或是临海，但实际只需辽阔的天际，平地上的晚霞有时也是一样的神奇。有一次我赶到一个地方，手把着一家村庄的篱笆隔着一大田的麦浪，看西天的变幻。有一次是正冲着一条宽广的大道，过来一大群羊，放草归来的，偌大的太阳在它们后背放射着万缕的金辉，天上却是乌青青的，只剩这不可逼视的威光中的一条大路，一群生物！我心头顿时感着神异性的压迫，我真的跪下了，对着这冉冉渐曛的金光。再有一次是更不可忘的奇景，那是临着一大片望不到头的草原，满开着艳红的罂粟，在青草里亭亭的像是万盏的金灯，阳光从褐色云里斜着过来，幻成一种异样的紫色，透明似的不可逼视，刹那间在我迷眩了视觉中，这草田变成了……不说也罢，说来你们也是不信的！

一别两年多了，康桥，谁知我这思乡的隐忧？也不想别的，我只要那晚钟撼动的黄昏，没遮拦的田野，独自斜俯在软草里，看第一个大星在天边出现！

牛津的书虫

/ 许地山

　　牛津实在是学者的学国，我在此地两年的生活尽用于波德林图书馆、印度学院、阿克关屋（社会人类学讲室）及曼斯斐尔学院中，竟不觉归期已近。

　　同学们每叫我作"书虫"，定蜀尝鄙夷他说我于每谈论中，不上三句话，便要引经据典，"真正死路"！刘锴说："你成日读书，睇读死你呀！"书虫诚然是无用的东西，但读书读到死，是我所乐为。假使我的财力、事业能够容允我，我诚愿在牛津做一辈子的书虫。

　　我在幼时已决心为书虫生活。自破笔受业直到如今，二十五年间未尝变志。但是要做书虫，在现在的世界本不容易。

需要具足五件条件才可以。五件者：第一要身体康健；第二要家道丰裕；第三要事业清闲；第四要志趣淡薄；第五要宿慧超越。我于此五件，一无所有！故我以十年之功只当他人一夕之业。于诸学问、途径还未看得清楚，何敢希望登堂入室？但我并不因我的资质与境遇而灰心，我还是抱着读得一日便得一日之益的心志。

为学有三条路向：一是深思，二是多闻，三是能干。第一途是做成思想家的路向；第二是学者；第三是事业家。这三种人同是为学，而其对于同一对象的理解则不一致。譬如有人在居庸关下偶然捡起一块石头，一个思想家要想它怎样会在那里，怎样被人捡起来，和它的存在的意义。若是一个地质学者，他对于那石头便从地质方面源源本本地说。若是一个历史学者，他便要探求那石与过去史实有无关系。若是一个事业家，他只想着要怎样利用石而已。三途之中，以多闻为本。我邦先贤教人以"博闻强记"，及教人"不学而好思，虽知不广"的话，真可谓能得力学的正谊。但在现在的世界，能专一途的很少。因为生活上等等的压迫，及种种知识上的需要，使人难为纯粹的思想家或事业家。假使苏格拉底生于今日的希腊，他难免也要写几篇关于近东问题的论文投到报馆里去卖几个钱。他也得懂得一点汽车、无线电的使用方法。也许他会把钱财存在银行里。这并不是因为"人心不古"，乃是因为人事不古。近代人需要等等知识为生活的资助，大势所趋，必不能在短期间产生纯粹的或深邃的专家。故为学要先多能，然后专政，庶几可以自存，可以有所贡献。吾人生于今日，对于学问，专既难能，博又不易，所以应于上列三途中至少要兼二程。

兼多闻与深思者为文学家。兼多闻与能干的为科学家。就是说一个人具有学者与思想家的才能，便是文学家；具有学者与专业家的功能的，便是科学家。文学家与科学家同要具学者的资格所不同者，一是偏于理解，一是偏于作用，一是修文，一是格物（自然我所用科学家与文学家的名字是广义的）。进一步说，舍多闻既不能有深思，亦不能生能干，所以多闻是为学根本。多闻多见为学者应有的事情，如人能够做到，才算得过着书虫的生活。当彷徨于学问的歧途时，若不能早自决断该向哪一条路走去，他的学业必致如荒漠的砂粒，既不能长育生灵，又不堪制作器用。即使他能下笔千言，必无一字可取。纵使他能临事多谋，必无一策能成。我邦学者，每不擅于过书虫生活，在歧途上既不能慎自抉择，复不虚心求教；过得去时，便充名士；过不去时，就变劣绅，所以我觉得留学而学普通知识，是一个民族最羞耻的事情。

我每觉得我们中间真正的书虫太少了。这是因为我们当学生的多半穷乏，急于谋生，不能具足上说五种求学条件所致。从前生活简单，旧式书院未变学堂的时代，还可以希望从领膏火费鄠生员中造成一二。至于今日的官费生或公费生，多半是虚掷时间和金钱的。这样的光景在留学界中更为显然。

牛津的书虫很多，各人都能利用他的机会去钻研，对于有学无财的人，各学院尽予津贴，未卒业者为"津贴生"，已卒业者为"特待校友"，特待校友中有一辈以读书为职业的。要有这样的待遇，然后可产出高等学者。在今日的中国要靠著作度日是绝对不可能的。因社会程度过低，还养不起著作家。——所以著作家的生活与地位在他国是了不得，在我国是不得了！著作家还养不起，何况能养在大学里以读书为生的书虫？这也许就是中国的"知识阶级"不打而自倒的原因。

康乃尔大学的学生生活

/ 胡　适

与不同种族和不同信仰人士的接触

今天我想谈谈我在美国留学的各方面。这些大半都是与 20 世纪 10 年代——尤其是自 1910 年到 1917 年间——美国学生界，有关家庭、宗教、政治生活和国际思想诸方面的事情。由一个在当时思想和训练都欠成熟的中国学生来观察这些方面的美国生活，当然不是一件容易的事情。

现在我们都知道，中国学生大批来美留学，实是 1909 年所设立的"庚款奖学金"以后才开始的。原来美国国会于 1908 年通过一条法案，决定退回中国在 1901 年（庚子）为八国联军赔款的余额——换言之，即美国扣除义和拳之乱中所受的生命财产等实际损失（和历年应有的利息）以后的额外赔款。

美国决定退还赔款之后，中国政府乃自动提出利用此退回的款项，作为派遣留美学生的学杂费。经过美国政府同意之后，乃有庚款的第一批退款。1924 年，美国国会二度通过同样法案，乃有庚款的第二次退款。这样才成立了"中华教育文化基金会"——简称"中华基金会"。这当然又是另一件事了。

由于庚款的第一批退款，经过中美两国政府交换说帖之后，乃有第一批所谓"庚款留学生"赴美留学。第一届的四十七人之中包括后来的清华大学校长梅贻琦，以及其他后来在中国科技界很有建树的许多专家。第二届七十人是在 1910 年在北京考选的，然后保送赴美进大学深造。另外还有备取七十人，则被录入于 1910 年至 1911 年间所成立的"清华学校"，作为留美预备班。

我就是第二届第一批考试及格的七十人之一。所以，1910年至 1911 年间也是中国政府大批保送留学生赴美留学的一年。抵美之后，这批留学生乃由有远见的美国人士如北美基督教青年会协会主席约翰·穆德（John R. Mott）等人加以接待。多年以后，当洛克菲勒基金会拨款捐建那远近驰名的纽约的"国际学社"（International House）时，穆德的儿子便是该社的执行书记。我特地在此提出说明这个国际精神，并未中断。

像穆德这样的美国人，他们深知这样做实在是给予美国最大的机会，来告诉中国留学生，受美国教育的地方不限于课堂、实验室和图书馆等处，更重要的和更基本的还是在美国生活方式和文化方面去深入体会。因而通过这个协会，他们号召美国各地其他的基督教领袖和基督教家庭，也以同样方式接待中国留学生，让他们知道美国基督教家庭的家庭生活的实际状况，也让中国留学生接触美国社会中最善良的男女，使中国留学生了解在美国基督教整体中的美国家庭生活和德性。这便是他们号召的目标之所在。许多基督教家庭响应此号召，这对我们当时的中国留学生，实在是获益匪浅。

在绮色佳地区康乃尔大学附近的基督教家庭——包括许多当地士绅和康大教职员——都接待中国学生。他们组织了许多非正式的组织来招待我们，他们也组织了很多的圣经班。假若中国留学生有此需要和宗教情绪的话，他们也帮助和介绍中国留学生加入他们的教会。因此在绮色佳城区和康乃尔校园附近也是我生平第一次与美国家庭发生亲密的接触。对一个外国学生来说，这是一种极其难得的机会，能领略和享受美国家庭、教育，特别是康大校园内知名的教授学者们的温情和招待。

绮色佳和其他大学城区一样，有各种不同的教会。大多数的基督教会都各有其教堂。"教友会"（或译"贵格会"或"匮克会"Quaker；Society of Friends）虽无单独的教堂，但是康乃尔大学法文系的康福（W.W. Comfort）教授却是个教友会的教友，足以补偿这个遗珠之憾。康氏后来出任费城教友会主办的海勿浮学院（Haverford College）的校长。我就送我的小儿子在该校就读两年。康福教授既是个教友会的基督徒，他的家庭生活便也是个极其美好的教友会教徒的家庭生活。我个人第一次对教友会的历史发生兴趣和接触，和对该派奇特而卓越的开山宗师乔治·弗克斯（George Fox，1624—1691）的认识，实由于读到（欧洲文艺复兴大师）伏尔泰（Voltaire，1694—1778）有关英国教友会派的通信。这一认识乃引起我对美国教友会的教友很多年的友谊。

教友会的信徒们崇奉耶稣不争和不抵抗的教导。我对这一派的教义发生了兴趣，因为我本人也曾受同样的但是却比耶稣还要早五百年的老子的不争信条所影响。有一次我访问费城教友会区，康福教授便向我说："你一定要见我的母亲，访问一下她老人家。她住在费城郊区的日耳曼镇（German Town）。"由于康福教授的专函介绍，我就顺便访问了康福老太太。康福老太太乃带我去参观教友会的会场。这是我生平的第·次，印象和经验都是难忘的。这一次访问的印象太深刻了，所以在教友会里我有很多终身的朋友。我以后也时常去教友会集会中做讲演，我也送了我的小儿子去进教友会的大学。

当然我也接触了很多基督教其他不寻常的支派。在我的《留学日记》里，我也记载了访问犹他州（Utah）"摩门教会"（Mormonism）的经过。我也碰过几位了不起的摩门派学人和学生。我对他们的印象也是极其深刻的。同时也改变了以前我像一般人所共有的对摩门教派很肤浅的误解。

我和一些犹太人也相处得很亲密。犹太朋友中包括教授和学生。首先是康乃尔，后来又在哥伦比亚，我对犹太人治学的本领和排除万难、力争上游的精神，印象极深。在我阅读《圣经》，尤其是《旧约》之后，我对犹太人真是极其钦佩。所以，我可以说这些都是我的经验的一部分——是我对美国生活方式的了解。

在1911年的夏天——也就是我从大学一年级升入二年级的那个夏天——有一次我应约去费城的宇可诺松林区（Pocono Pines）参加"中国基督教学生联合会"的暑期集会。会址是在海拔二千英尺、风景清幽的高山之上。虽在盛暑，却颇有凉意。该地有各项设备，足供小型的宗教集会之用。在我的《留学日记》里便记载着，一日晚间，我实在被这小型聚会的兴盛气氛所感动，我当场保证我以后要去研究基督教。在我的日记里，以及后来和朋友通信的函札上，我就说我几乎做了基督徒。可是后来又在相同的情绪下，我又反悔了。直至今日我仍然是个未经感化的异端。但是在我的日记里我却小心地记录下这一段经验，算是我青年时代一部分经验的记录。

今日回思，我对青年时代这段经验，实在甚为珍惜——这种经验导致我与一些基督教领袖们发生直接的接触，并了解基督教家庭的生活方式，乃至一般美国人民和那些我所尊敬的师长们的私生活，特别是康福教授对我的引道，使我能更深入地了解和爱好《圣经》的真义。我读遍《圣经》，对《新约》中的《四福音书》中至少有三篇我甚为欣赏；我也欢喜《使徒行传》和圣保罗一部分的书信。我一直欣赏《圣经》里所启发的知识。

后些年在北京大学时，我开始收集用各种方言所翻译的《新约》或新旧约全书的各种版本的中文《圣经》。我收集的主要目的是研究中国方言。有许多种中国方言，向来都没有见诸文字，或印刷出版，或做任何种文学的媒介或传播工具。可是基督教会为了传教，却第一次利用这些方言来翻译福音，后来甚至全译《新约》和一部分的《旧约》。

我为了研究语言而收藏的《圣经》，竟然日积月累，快速增加。当"中国圣经学会"为庆祝该会成立五十周年而举办的"中文《圣经》版本展览会"中，我的收藏，竟然高居第二位——仅略少于该会本身的收藏。这个位居第二的《圣经》收藏，居然是属于我这个未经上帝感化的异端胡适之！

我对美国政治的兴趣

以上所说的是我当学生时代生活的一方面。

唐君，你还要我说些什么？……或者我再来谈点政治吧。

当我于1910年初到美国的时候，我对美国的政治组织、政党、总统选举团，和整个选举的系统，可说一无所知。对美国宪法的真义和政府结构，也全属茫然。1911年10月，中国的辛亥革命突然爆发了。为时不过数月，便将统治中国有二百七十多年之久的清专制推翻。1912年1月，中华民国便正式诞生了。你知道这一年是美国大选之年。大选之年也是美国最有趣和兴奋的年头。威尔逊是这一年民主党的候选人。同时共和党一分为二。当权的塔夫脱总统领导着保守派。前总统老罗斯福却领导了自共和党分裂出来的进步党，它是美国当时的第三大党。罗氏也就是该党的领袖和总统候选人。这一来，三党势均力敌，旗鼓相当，因而连外国学生都兴奋得不得了。

这一年康乃尔大学的政治系新聘了一位教授叫山姆·奥兹（Samuel P. Orth）。他原是克里弗兰市里的一位革新派的律师。他在该市以及其本州岛（俄亥俄）内的革新运动中都是个重要的领导分子，由康大自俄亥俄州的律师公会中延聘而来，教授美国政府和政党（专题）。我一直认为奥兹教授是我生平所遇到的最好的教授之一；讲授美国政府和政党的专题，他实是最好的老师。我记得就在这个大选之年（1912—1913），我选了他的课。

下面一段便是他讲第一堂课时的开场白：

今年是大选之年。我要本班每个学生都订三份日报——三份纽约出版的报纸，不是当地的小报——《纽约时报》（The New York Times）是支持威尔逊的；《纽约论坛报》（The New York Tribune）是支持塔夫脱的；《纽约晚报》（The New York Evening Journal）〔我不知道该报是否属"赫斯特系"（Hearst family）的新闻系统，但是该报不是个主要报纸〕是支持罗斯福的。诸位把每份订它三个月，将来会收获无量。在这三个月内，把每日每条新闻都读一遍。细读各条大选消息之后，要做个摘要；再根据这摘要做出读报报告缴给我。报纸算是本课目的必需参考书，报告便是课务作业。还有，你们也要把联邦四十八州之中，违法乱纪的竞选事迹作一番比较研究，缴上来算是期终作业！

我可以告诉你，在我对各州的选举活动作了一番比较研究之后，我对美国的政治也就相当熟习了。

奥兹教授在讲过他对学生的要求之后，又说："……就是这样了！关于其他方面的问题，听我的课好了！"

我对这门课甚感兴趣！

奥兹教授对历史很熟。历史上的政治领袖和各政党——从（美国开国时期的）联邦系（Federalists）到（20世纪初期的）进步党（Progressives）——等等创始人传记，他也甚为清楚。他是俄亥俄州人，他对前总统麦金尼周围助选的政客，如一手把麦氏推上总统宝座的大名鼎鼎麦克斯·韩纳（Marcus Hanna，1837—1904），他都很熟。所以奥兹告诉我们说："看三份报，注视大选的经过。同时认定一个候选人做你自己支持的对象。这样你就注视你自己的总统候选人的得失，会使你对选举更为兴奋！"

他对我们的另一教导，便是要我们参与绮色佳城一带举行的每一个政治集会。我接受了奥氏的建议，于1912年的选举中选择了进步党党魁老罗斯福作为我自己支持的对象。四年之后（1916），我又选择了威尔逊为我支持的对象。在1912年全年，我跑来跑去，都佩戴一枚（象征支持罗斯福）的大角野牛像的襟章；1916年，我又佩戴了支持威尔逊的襟章。

我在1912年也参加了许多次政治集会，其中有一次是老罗斯福讲演赞助进步党候选人奥斯卡·斯特劳斯（Oscar Strauss）竞选纽约州州长。在绮色佳集会中最激动的一次便是罗斯福被刺之后那一次集会。罗氏被刺客击中一枪，子弹始终留在身内未能取出。我参加了这次集会，好多教授也参加了。令我惊奇的却是此次大会的主席，竟是本校史密斯大楼（Goldwin Smith Hall）的管楼工人。这座大楼是康大各系和艺术学院的办公中心！这种由一位工友所主持的大会的民主精神，实在令我神往之至。在这次大会中，我们都为本党领袖的安全而祈祷，并通过一些有关的议案。这次大会也是我所参加过的毕生难忘的政治集会之一。

该年另一个难忘的集会便是由我的业师客雷敦（J.E.Creighton）教授代表民主党，康大法学院长亥斯（Alfred Hayes）教授代表进步党的一次辩论会。这批教授们直接参加国家大政的事，给我的印象实在太深了。我可以说，由这些集会引起我的兴趣也一直影响了我以后一生的生活。

大选刚过，我因事往见伦理学教授索莱（Frank Thilly），当我们正在谈话之时，客雷敦教授忽然走了进来。他二人就当着我的面，旁若无人地大握其手，说："威尔逊当选了！威尔逊当选了！"我被他二人激动的情绪也感动得热泪盈眶。这两位教授都是支持威尔逊的。他二人也都在普林斯顿大学教过书，都深知威尔逊，因为威氏曾任普大校长多年。他二人对威氏出任总统也发生了不感兴趣的兴趣。

几年之后（1915 年），我迁往纽约市。从康乃尔大学研究院转学至哥伦比亚大学研究院，并住入哥大当时最新的佛纳大楼（Furnald Hall）。1915 年不是个选举年，但是这一年却发生了有名的美国妇女争取选举权的五马路大游行。我目睹许多名人参加此次游行。约翰·杜威夫妇也夹在游行队伍之中。杜威教授并曾当众演说。1915 年岁暮，杜威并直接参加此一群众运动。这一件由教授们直接参加当时实际政治的事例，给我的影响亦至为深刻。

我想把 1916 年的大选在此地也顺便提一提。此时老罗斯福的光彩对我已失去兴趣，而我对那位国际政治家威尔逊却发生了极深的信仰。先是在 1914 年，我曾以职员和代表的身份参加过一次世界学生会议。这个会是当时"世界学生会联合会"（The Association of Cosmopolitan Clubs）和"欧洲学生国际联合会"（International Federation of Students of Europe）所联合举办的。先在绮色佳集会之后，再会于华盛顿。在华府我们曾受到威尔逊总统和国务卿白来恩（Williams Jennings Bryan）的亲自接见，他二人都在我们的会里发表讲演。

我清楚地记得正当1916年大选投票的高潮之时，我和几位中国同学去"纽约时报广场"看大选结果，途中我们看到《纽约世界日报》发出的号外。《世界日报》是支持威尔逊的大报之一。可是这一次的号外却报道共和党候选人休斯（Charles E. Hughes）有当选的可能。我们同感失望，但是我们还是去时报广场，看时报大厦上所放映的红白二色的光标，似乎也对威尔逊不利。我们当然更为失望，但是我们一直坚持到午夜。当《纽约晚邮报》（The New York Evening Post）出版，休斯仍是领先。该报的发行人是有名的世界和平运动赞助人韦那德（Oswald Garrison Villard）。我们真是太失望了。我们只有打道回校。那时的地道车实在拥挤不堪，我们简直挤不进去，所以我们几个人乃决定步行回校——从西四十二街走回西一一六街（约五公里）的哥大校园。

翌日清晨，我第一桩事便是看报上的选举消息。所有各报都报道休斯可能当选，但是我却买不到《纽约时报》。它已被人抢购一空了。我不相信其他各报的消息，乃步行六条街，终于买到一份《时报》。《时报》的头条消息的标题是："威尔逊可能险胜！"读后为之一快，乃步行返校吃早餐。你可能记得，这一旗鼓相当的大选的选票一直清理了三天，直至加州选票被重数了之后，威尔逊才以三千票的"险胜"而当选总统！

另外当时还有几个小插曲也值得一提。就在我差不多通过所有基层考试的时候，因为我希望在1916年至1917年间完成我的博士论文，我觉得有迁出哥大宿舍的必要。那时的中国留学生差不多都集中住于三座宿舍大楼——佛纳、哈特莱（Hartley Hall）和李文斯敦（Livingston Hall）（中国同学住在一起，交际应酬太多，影响学业），所以我迁至离哥大六十条街（三英里）之外，靠近西一七二街附近的海文路九十二号一所小公寓，与一云南同学卢锡荣君同住。我们合雇了一位爱尔兰的村妇，帮忙打扫，她每周来一次做清洁工作。在 1916 年大选之前（那时妇女尚无投票权），我问她说："麦菲夫人（Mrs. Murphy），你们那一选区投哪位候选人的票啊？"

"啊！我们全体反对威尔逊！"她说，"因为威尔逊老婆死了不到一年，他就再娶了！"

数周之后，我参加了一个餐会，主讲人是西海岸斯坦福大学校长戴维·交顿（David Starr Jordan）。他是一位世界和平运动的主要领导人。当大家谈起大选的问题时，交顿说："今年我投谁的票，当初很难决定，我实在踌躇了很久，最后才投威尔逊的票！"他这席话使当时出席餐会的各界促进和平的女士大为骇异。所以有人就问交顿，当时为何踌躇。交顿说："我原在普林斯顿教书，所以深知威尔逊的为人。当他做普大校长时，他居然给一位教授夫人送花！"这就是戴维·交顿不要威尔逊做美国总统的主要原因。其所持理由和我们的爱尔兰女佣所说的，实在有异曲同工之妙。

我对美国政治的兴趣和我对美国政制的研究，以及我学生时代所目睹的两次美国大选，对我后来对（中国）政治和政府的关心，都有着决定性的影响。其后在我一生之中，除了一任四年的战时中国驻美大使之外，我甚少参与实际政治。但是在我成年以后的生命里，我对政治始终采取了我自己所说的不感兴趣的兴趣（disinterested interest）。我认为这种兴趣是一个知识分子对社会应有的责任。

放弃农科，转习哲学

我在 1910 年进康乃尔大学时，原是学农科的。但是在康大附设的纽约州立农学院学了三个学期之后，我做了重大牺牲，决定转入该校的文理学院，改习文科。后来我在国内向青年学生讲演时便时常提到我改行的原因，并特别提及"果树学"（Pomology）那门课。这门课是专门研究果树的培育方法。这在当时的纽约州简直便是一门专门培育苹果树的课程。在我们课堂上学习之外，每周还有实习，就是这个"实习"，最后使我决定改行的。

在我的讲演集里，有几处我都提到这个小故事。其经过大致是这样的：

实习时，每个学生大致分得三十个或三十五个苹果。每个学生要根据一本培育学指南上所列举的项目，把这三十来个苹果加以分类。例如茎的长短，果脐的大小，果上棱角和圆形的特征,果皮的颜色,和切开后所测出的果肉的韧度和酸甜的尝试、肥瘦的记录……这叫作苹果分类,而这种分类也实在很笼统。我们这些对苹果初无认识的外国学生,分起来甚为头痛!

但是这种分类,美国学生做来,实在太容易了。他们对各种苹果早已胸有成竹;按表分类,他们一望而知。他们也毋需把苹果切开,尝其滋味。他们只要翻开索引或指南表格,得心应手地把三十几个苹果的学名一一填进去,大约花了二三十分钟的时间,实验便做完了。然后拣了几个苹果,塞入大衣口袋,便离开实验室扬长而去。可是我们三两位中国同学可苦了。我们留在实验室内,各尽所能去按表填果,结果还是错误百出,成绩甚差。

在这些实验之后,我开始反躬自省:我勉力学农,是否已铸成大错呢?我对这些课程基本上是没有兴趣;而我早年所学,对这些课程也派不到丝毫用场;它与我自信有天分有兴趣的各方面,也背道而驰。这门果树学的课——尤其是这个实验——帮助我决定如何面对这个实际问题。

我那时很年轻,记忆力又好。考试前夕,努力学习,我对这些苹果还是可以勉强分类和应付考试的,但是我深知考试之后,不出三两天——至多一周,我会把那些当时有四百多种苹果的分类,还是要忘记得一干二净。我们中国,实际也没有这么多种苹果,所以我认为学农实在是违背了我个人的兴趣。勉强去学,对我说来实在是浪费,甚至愚蠢。因此我后来在公开讲演中，便时时告诫青年，劝他们对他们自己的学习前途的选择，千万不要以社会时尚或社会国家之需要为标准。他们应该以他们自己的兴趣和禀赋，作为选科的标准才是正确的。

除此之外，当然还有使我转入文理学院去学习哲学、文学、政治和经济的其他诸种因素。其他基本的因素之一便是我对哲学、中国哲学和研究史学的兴趣。中国古代哲学的基本著作，及比较近代的宋明诸儒的论述，我在幼年时，差不多都已读过。我对这些学科的基本兴趣，也就是我个人的文化背景。

当我在农学院就读的时期，我的考试成绩，还不算坏。那时校中的规定，只要我能在规定的十八小时必修科的成绩平均在八十分以上，我还可随兴趣去选修两小时额外的课程。这是当时康乃尔大学的规定。这一规定，我后来也把它介绍给中国教育界，特别是北京大学。在中国我实在是这一制度最早的倡导人之一。

利用这两三个小时选修的机会，我便在文学院选了一门客雷敦教授所开的"哲学史"。客君不长于口才，但他对教学的认真，以及他在思想史里对各时代、各家各派的客观研究，给我一个极深的印象。他这一教导，使我对研究哲学——尤其是中国哲学——的兴趣，为之复苏！

使我改行的另一原因便是辛亥革命，打倒清朝，建立民国。中国当时既然是亚洲唯一的一个共和国，美国各地的社区和人民对这一新兴的中国政府发生了浓厚的兴趣。校园内外对这一问题的演讲者都有极大的需要。在当时的中国学生中，擅于口才而颇受欢迎的讲演者是一位工学院四年级的蔡吉庆。蔡君为上海圣约翰大学的毕业生，留美之前并曾在其母校教授英语。他是位极其成熟的人，一位精彩的英语演说家。但是当时邀请者太多，蔡君应接不暇，加以工学院课程太重，他抽不出空，所以有时只好谢绝邀请。可是他还是在中国同学中物色代替人，他居然认为我是个可造之才，可以对中国问题，做公开讲演。

有一天蔡君来找我。他说他在中国同学会中听过我几次讲演，甚为欣赏；他也知道我略谙中国古典文史。他要我越俎代庖，去替他应付几个不太困难的讲演会，向美国听众讲解中国革命和共和政府。在十分踌躇之后，我也接受了几个约会，并做了极大的准备工作。这几次讲演，对我真是极好的训练。蔡君此约，也替我职业上开辟了一个新的方向，使我成为一个英语演说家。同时由于公开讲演的兴趣，我对过去几十年促成中国革命的背景和革命领袖人物的生平，也认真地研究了一番。

这个对政治史所发生的兴趣，便是促使我改行的第二个因素！

还有第三个促使我改行的原因，那就是我对文学的兴趣。我在古典文学方面的兴趣，倒相当过得去。纵是在我十几岁的时候，我的散文和诗词习作，都还差强人意。当我在康乃尔农学院（亦即纽约州立农学院）就读一年级的时候，英文是一门必修科，每周上课五小时，课程十分繁重，此外我们还要选修两门外国语——德文和法文。这些必修科使我对英国文学发生了浓厚的兴趣，我不但要阅读古典著作，还有文学习作和会话。学习德文、法文也使我发掘了德国和法国的文学。我现在虽然已不会说德语或法语，但是那时我对法文和德文都有相当过得去的阅读能力。教我法文的便是我的好友和老师康福教授，他也是我们中国学生圣经班的主持人。

我那两年的德语训练，也使我对歌德（Goethe）、席勒（Schiller）、海涅（Heine）和莱辛（Lessing）诸大家的诗歌亦稍有涉猎。因而我对文学的兴趣——尤其是对英国文学的兴趣，使我继续选读必修科以外的文学课程。所以当我自农学院转入文学院，我已具备了足够的学分（有二十个英国文学的学分），来完成一个学系的“学科程序”。

康乃尔文学院当时的规定，每个学生必须完成至少一个“学科程序”才能毕业。可是当我毕业时，我已完成了三个“程序”：哲学和心理学，英国文学，政治和经济学。三个程序在三个不同的学术范围之内。所以那时我实在不能说，哪一门才是我的主科。但是我对英、法、德三国文学兴趣的成长，也就引起我对中国文学兴趣之复振。这也是促成我从农科改向文科的第三个基本原因。

我既然在大学结业时修毕在三个不同部门里的三个不同的“程序”，这一事实也说明我在以后岁月里所发展出来的文化生命。有时我自称为历史家，有时又称为思想史家。但我从未自称我是哲学家，或其他各行的什么专家。今天我几乎是六十六岁半的人了，我仍然不知道我主修何科，但是我也从来没有认为这是一件憾事！

伍

书香世界，百态风骨

宗月大师

/老 舍

在我小的时候，我因家贫而身体很弱。我九岁才入学。因家贫体弱，母亲有时候想教我去上学，又怕我受人家的欺侮，更因交不上学费，所以一直到九岁我还不识一个字。说不定，我会一辈子也得不到读书的机会。因为母亲虽然知道读书的重要，可是每月间三四吊钱的学费，实在让她为难。

母亲是最喜脸面的人。她迟疑不决，光阴又不等待着任何人，荒来荒去，我也许就长到十多岁了。一个十多岁的贫而不识字的孩子，很自然地去做个小买卖——弄个小筐，卖些花生、煮豌豆或樱桃什么的。要不然就是去学徒。母亲很爱我，但是假若我能去做学徒，或提篮沿街卖樱桃而每天赚几百钱，她或者就不会坚决的反对。穷困比爱心更有力量。

有一天刘大叔偶然地来了。我说"偶然地"，因为他不常来看我们。他是个极富的人，尽管他心中并无贫富之别，可是他的财富使他终日不得闲，几乎没有工夫来看穷朋友。一进门，他看见了我。"孩子几岁了？上学没有？"他问我的母亲。他的声音是那么洪亮（在酒后，他常以学喊俞振庭的《金钱豹》自傲），他的衣服是那么华丽，他的眼是那么亮，他的脸和手是那么白嫩肥胖，使我感到我大概是犯了什么罪。我们的小屋，破桌凳，土炕，几乎禁不住他的声音的震动。等我母亲回答完，刘大叔马上决定："明天早上我来，带他上学，学钱、书籍，大姐你都不必管！"我的心跳起多高，谁知道上学是怎么一回事呢！

第二天，我像一条不体面的小狗似的，随着这位阔人去入学。学校是一家改良私塾，在离我的家有半里多地的一座道士庙里。庙不甚大，而充满了各种气味：一进山门先有一股大烟味，紧跟着便是糖精味（有一家熬制糖球糖块的作坊），再往里，是厕所味与别的臭味。学校是在大殿里。大殿两旁的小屋住着道士和道士的家眷。

大殿里很黑、很冷。神像都用黄布挡着，供桌上摆着孔圣人的牌位。学生都面朝西坐着，一共有三十来人。西墙上有一块黑板——这是"改良"私塾。老师姓李，一位极死板而极有爱心的中年人。刘大叔和李老师"嚷"了一顿，而后教我拜圣人及老师。老师给了我一本《地球韵言》和一本《三字经》。我于是，就变成了学生。

自从做了学生以后，我时常地到刘大叔的家中去。他的宅子有两个大院子，院中几十间房屋都是出廊的。院后，还有一座相当大的花园。宅子的左右前后全是他的房屋，若是把那些房子齐齐排起来，可以占半条大街。此外，他还有几处铺店。每逢我去，他必招呼我吃饭，或给我一些我没有看见过的点心。他绝不以我为一个苦孩子而冷淡我，他是阔大爷，但是他不以富做人。

在我由私塾转入公立学校去的时候，刘大叔又来帮忙。这时候，他的财产已大半出了手。他是阔大爷，他只懂得花钱，而不知道计算。人们吃他，他甘心教他们吃；人们骗他，他付之一笑。他的财产有一部分是卖掉的，也有一部分是被人骗了去的。他不管，他的笑声照旧是洪亮的。

到我在中学毕业的时候，他已一贫如洗，什么财产也没有了，只剩了那个后花园。不过，在这个时候，假若他肯用用心思，去调整他的产业，他还能有办法教自己丰衣足食，因为他的好多财产是被人家骗了去的。可是，他不肯去请律师。贫与富在他心中是完全一样的。假若在这时候，他要是不再随便花钱，他至少可以保住那座花园和城外的地产。可是，他好善。尽管他自己的儿女受着饥寒，尽管他自己受尽折磨，他还是去办贫儿学校、粥厂等等慈善事业。他忘了自己。

就是在这个时候，我和他过往得最密。他办贫儿学校，我去做义务教师。他施舍粮米，我去帮忙调查及散放。在我的心里，我很明白：放粮放钱不过只是延长贫民的受苦难的日期，而不足以阻拦住死亡。但是，看刘大叔那么热心，那么真诚，我就顾不得和他辩论，而只好也出点力了。即使我和他辩论，我也不会得胜，人情是往往能战败理智的。

在我出国以前，刘大叔的儿子死了。而后，他的花园也出了手。他入庙为僧，夫人与小姐入庵为尼。由他的性格来说，他似乎势必走入避世学禅的一途。但是由他的生活习惯上来说，大家总以为他不过能念念经，布施布施僧道而已，而绝对不会受戒出家。他居然出了家。在以前，他吃的是山珍海味，穿的是绫罗绸缎。他也嫖也赌。现在，他每日一餐，入秋还穿着件夏布僧袍。这样苦修，他的脸上还是红红的，笑声还是洪亮的。对佛学，他有多么深的认识，我不敢说。我却真知道他是个好和尚，他知道一点便去做一点，能做一点便做一点。他的学问也许不高，但是他所知道的都能见诸实行。

出家以后，他不久就做了一座大寺的方丈。可是没有好久就被驱除出来。他是要做真和尚，所以他不惜变卖庙产去救济苦人。庙里不要这种方丈。一般地说，方丈的责任是要扩充庙产，而不是救苦救难的。离开大寺，他到一座没有任何产业的庙里做方丈。他自己既没有钱，他还须天天为僧众们找到斋吃。同时，他还举办粥厂等等慈善事业。他穷，他忙，他每日只进一顿简单的素餐，可是他的笑声还是那么洪亮。

他的庙里不应佛事，赶到有人来请，他便领着僧众给人家去唪真经，不要报酬。他整天不在庙里，但是他并没忘了修持；他持戒越来越严，对经义也深有所获。他白天在各处筹钱办事，晚间在小室里做功夫。谁见到这位破和尚也不曾想到他曾是个在金子里长长起来的阔大爷。

去年，有一天他正给一位圆寂了的和尚念经，他忽然闭上了眼，就坐化了。火葬后，人们在他的身上发现许多舍利。

没有他，我也许一辈子也不会入学读书。没有他，我也许永远想不起帮助别人有什么乐趣与意义。他是不是真的成了佛？我不知道。但是，我的确相信他的居心与言行是与佛相近似的。我在精神上物质上都受过他的好处，现在我的确愿意他真的成了佛，并且盼望他以佛心引领我向善，正像在三十五年前，他拉着我去入私塾那样！

他是宗月大师。

试为蔡先生写一篇简照

／蒋梦麟

光绪己亥年的秋天，一个秋月当空的晚上，在绍兴中西学堂的花厅里，嘉宾会集，杯盘交错，似乎《兰亭修楔》和《桃园结义》在那盛会里杂演着！

忽地里有一位文质彬彬、身材短小、儒雅风流、韶华三十余的才子，在席间高举了酒杯，大声道："康有为，梁启超，变法不彻底，哼！我！……"

大家一阵大笑，掌声如雨打芭蕉。

这位才子，是二十岁前后中了举人，接连成了进士、翰林院编修的近世的越中徐文长。酒量如海，才气磅礴。论到读书，一目十行；讲起作文，斗酒百篇。

一位年龄较长的同学对我们这样说：这是我们学校里的新监督，山阴才子蔡鹤卿先生。孑民是中年改称的号。

先生作文，非常怪僻。乡试里的文章，有这样触目的一句："夫饮食男女，人生之大欲存焉。"他就以这篇文章中了举人。有一位浙中科举出身的老前辈，曾经把这篇文章的一大段背给我听过，可惜我只记得这一句了。

记得我第一次受先生的课，是反切学。帮、旁、茫、当、汤、堂、囊之类，先生说：你们读书先要识字，这是查字典应该知道的反切。

二三十年后先生在北京大学校长任内，学生因为不肯交讲义费，聚了几百人，要求免费，气势汹汹。先生坚执校纪，不肯通融，秩序大乱。先生在红楼门口挥拳作势，怒目大声道："我跟你们决斗。"包围先生的学生们纷纷后退。

先生日常性情温和，如冬日之可爱，无疾言厉色。处事接物，恬淡从容，无论遇达官贵人或引车卖浆之流，态度如一。但一遇大事，则刚强之性立见，发言作文不肯苟同。

故先生之中庸，是白刃可蹈之中庸，而非无举刺之中庸。

先生平时作文适如其人，平淡冲和。但一遇大事，则奇气立见。"杀君马者道旁儿，民亦劳止，汔可小休。"这是先生五四运动时出京后所登之启事。

先生做人之道，出于孔孟之教，一本于忠、恕两字。知忠，不与世苟同；知恕，能容人而养成宽宏大度。

先生平时与梁任公先生甚少往还。任公逝世后，先生在政治会议席上，邀我共同提案，请政府明令褒扬。此案经胡展堂先生之反对而自动撤销。

我们中国人可以说没有一个人在不知不觉间不受老子的影响的，先生亦不能例外，故先生处事，时持"水到渠成"的态度。不与人争功，不与事争时，别人性急了，先生常说"慢慢来"。

一位在科举时代极负盛名的才子，中年而成为儒家风度的学者。经德、法两国之留学，而极力提倡美育与科学。在教育部时主张以美育代宗教，主张一切学问当以科学为基础。

在中国过渡时代，以一身而兼东西两文化之长，立己立人，一本于此。到老其志不衰，至死其操不变。敬为挽日：大德垂后世，中国一完人。

回忆鲁迅先生

／萧　红

　　鲁迅先生的笑声是明朗的，是从心里的欢喜。若有人说了什么可笑的话，鲁迅先生笑得连烟卷都拿不住了，常常是笑得咳嗽起来。

　　鲁迅先生走路很轻捷，尤其使人记得清楚的，是他刚抓起帽子来往头上一扣，同时左腿就伸出去了，仿佛不顾一切地走去。

　　鲁迅先生不大注意人的衣裳，他说："谁穿什么衣裳我看不见的……"

　　鲁迅先生生病，刚好了一点，窗子开着，他坐在躺椅上，抽着烟，那天我穿着新奇的火红的上衣，很宽的袖子。

　　鲁迅先生说："这天气闷热起来，这就是梅雨天。"他把他装在象牙烟嘴上的香烟，又用手装得紧一点，往下又说了别的。

许先生忙着家务跑来跑去，也没有对我的衣裳加以鉴赏。

于是我说："周先生，我的衣裳漂亮不漂亮？"

鲁迅先生从上往下看了一眼："不大漂亮。"

过了一会又加着说："你的裙子配的颜色不对，并不是红上衣不好看，各种颜色都是好看的，红上衣要配红裙子，不然就是黑裙子，咖啡色的就不行了，这两种颜色放在一起很混浊……你没看到外国人在街上走的吗？绝没有下边穿一件绿裙子，上边穿一件紫上衣，也没有穿一件红裙子而后穿一件白上衣的……"

鲁迅先生就在躺椅上看着我："你这裙子是咖啡色的，还带格子，颜色混浊得很，所以把红衣裳也弄得不漂亮了。"

"……人瘦不要穿黑衣裳，人胖不要穿白衣裳；脚长的女人一定要穿黑鞋子，脚短就一定要穿白鞋子；方格子的衣裳胖人不能穿，但比横格子的还好；横格子的，胖人穿上，就把胖子更往两边裂着，更横宽了，胖子要穿竖条子的，竖的把人显得长，横的把人显得宽……"

那天鲁迅先生很有兴致，把我一双短筒靴子也略略批评一下，说我的短靴是军人穿的，因为靴子的前后都有一条线织的拉手，这拉手据鲁迅先生说是放在裤子下边的……

我说："周先生，为什么那靴子我穿了多久了而不告诉我，怎么现在才想起来呢？现在不是不穿了吗？我穿的这不是另外的鞋吗？"

"你不穿我才说的，你穿的时候，一说你该不穿了。"

那天下午要赴一个宴会去，我要许先生给我找一点布条或绸条束一束头发。许先生拿了来米色的、绿色的还有桃红色的。经我和许先生共同选定的是米色的。为着取笑，把那桃红色的，许先生举起来放在我的头发上，并且许先生很开心地说着：

"好看吧！多漂亮！"

我也非常得意，很规矩又顽皮地在等着鲁迅先生往这边看我们。

鲁迅先生这一看，他就生气了，他的眼皮往下一放向我们这边看着：

"不要那样装她……"

许先生有点窘了。

我也安静下来。

鲁迅先生在北平教书时，从不发脾气，但常常好用这种眼光看人，许先生常跟我讲，她在女师大读书时，周先生在课堂上，一生气就用眼睛往下一掠，看着她们，这种眼光鲁迅先生在记范爱农先生的文字里曾自己述说过，而谁曾接触过这种眼光的人就会感到一个旷代的全智者的催逼。

我开始问："周先生怎么也晓得女人穿衣裳的这些事情呢？"

"看过书的，关于美学的。"

"什么时候看的……"

"大概是在日本读书的时候……"

"买的书吗？"

"不一定是买的，也许是从什么地方抓到就看的……"

"看了有趣味吗？"

"随便看看……"

"周先生看这书做什么？"

"……"没有回答。好像很难以回答。

许先生在旁说："周先生什么书都看的。"

在鲁迅先生家里做客人，刚开始是从法租界来到虹口，搭电车也要差不多一个钟头的工夫，所以那时候来的次数比较少，还记得有一次谈到半夜了，一过十二点电车就没有了，但那天不知讲了些什么，讲到一个段落就看看旁边小长桌上的圆钟，十一点半了，十一点四十五分了，电车没有了。

"反正已十二点，电车已没有，那么再坐一会儿。"许先生如此劝着。

鲁迅先生好像听了所讲的什么引起了幻想，安顿地举着象牙烟嘴在沉思着。

一点钟以后，送我（还有别的朋友）出来的是许先生，外边下着蒙蒙的小雨，弄堂里灯光全然灭掉了，鲁迅先生嘱咐许先生一定让坐小汽车回去，并且一定嘱咐许先生付钱。

以后也住到北四川路来，就每夜饭后必到大陆新村来了，刮风的天，下雨的天，几乎没有间断的时候。

鲁迅先生很喜欢北方饭，还喜欢吃油炸的东西，喜欢吃硬的东西，就是后来生病的时候，也不大吃牛奶。鸡汤端到旁边用调羹舀了一两下就算了事。

有一天约好我去包饺子吃，那还是住在法租界，所以带了外国酸菜和用绞肉机绞成的牛肉，就和许先生站在客厅后边的方桌边包起来，海婴公子围着闹得起劲，一会把按成圆饼的面拿去了，他说做了一只船来，送在我们的眼前。我们不看它，转身他又做了一只小鸡，许先生和我都不去看它，对他竭力避免加以赞美，若一赞美起来，怕他更做得起劲。

客厅后没到黄昏就先黑了，背上感到些微的寒凉，知道衣裳不够了，但为着忙，没有加衣裳去。等把饺子包完了看看那数目并不多，这才知道许先生怕我们谈话谈得太多，误了工作。许先生怎样离开家的，怎样到天津读书的，在女师大读书时怎样做了家庭教师，她去考家庭教师的那一段描写，非常有趣，只取一名，可是考了好几十名，她之能够当选算是难的了。指望对于学费有一点补足，冬天来了，北平又冷，那家离学校又远，每月除了车子钱之外，若伤风感冒还得自己拿出买阿司匹林的钱来，每月薪金十元要从西城跑到东城……

饺子煮好，一上楼梯，就听到楼上明朗的鲁迅先生的笑声冲下楼梯来，原来有几个朋友在楼上也正谈得热闹。那一天吃得是很好的。

以后我们又做过韭菜合子，又做过合叶饼，我一提议鲁迅先生必然赞成，而我做得又不好，可是鲁迅先生还是在饭桌上举着筷子问许先生："我再吃几个吗？"

　　因为鲁迅先生的胃不大好，每饭后必吃"脾自美"胃药丸一二粒。

　　有一天下午鲁迅先生正在校对着一本别人的著作，我一走进卧室去，从那圆转椅上鲁迅先生转过来了，向着我，还微微站起了一点。

　　"好久不见，好久不见。"一边说着一边向我点头。

　　刚刚我不是来过了吗？怎么会好久不见？就是上午我来的那次周先生忘记了，可是我也每天来呀……怎么都忘记了吗？

　　周先生转身坐在躺椅上才自己笑起来，他是在开着玩笑。

　　梅雨季，很少有晴天，一天的上午刚一放晴，我高兴极了，就到鲁迅先生家去了，跑得上楼还喘着，鲁迅先生说："来啦！"我说："来啦！"

　　我喘着连茶也喝不下。

　　鲁迅先生就问我：

　　"有什么事吗？"

　　我说："天晴啦，太阳出来啦。"

　　许先生和鲁迅先生都笑着，一种对于冲破忧郁心境的豁然的会心的笑。

　　海婴一看到我，非拉我到院子里和他一道玩不可，拉我的头发或拉我的衣裳。

为什么他不拉别人呢？据周先生说："他看你梳着辫子，和他差不多，别人在他眼里都是大人，就看你小。"

许先生问着海婴："你为什么喜欢她呢？不喜欢别人？"

"她有小辫子。"说着就来拉我的头发。

鲁迅先生家里生客人很少，几乎没有，尤其是住在他家里的人更没有。一个礼拜六的晚上，在二楼上鲁迅先生的卧室里摆好了晚饭，围着桌子坐满了人。每逢礼拜六晚上都是这样的，周建人先生带着全家来拜访的。在桌子边坐着一个很瘦的很高的穿着中国小背心的人，鲁迅先生介绍说："这是一位同乡，是商人。"

初看似乎对的，穿着中国裤子，头发剃得很短。当吃饭时他还让别人酒，也给我倒一盅，态度很活泼，不大像个商人；等吃完了饭，又谈到《伪自由书》及《二心集》。这个商人，开明得很，在中国不常见。没有见过的，就总不大放心。

下一次是在楼下客厅后的方桌上吃晚饭，那天很晴，一阵阵地刮着热风，虽然黄昏了，客厅后还不昏黑。鲁迅先生是新剪的头发，还能记得桌上有一碗黄花鱼，大概是顺着鲁迅先生的口味，是用油煎的。鲁迅先生前面摆着一碗酒，酒碗是扁扁的，好像用作吃饭的饭碗。那位商人先生也能喝酒，酒瓶手就站在他的旁边。他说蒙古人什么样，苗人什么样，从西藏经过时，那西藏女人见了男人追她，她就如何如何。

这商人可真怪，怎么专门走地方，而不做买卖？并且鲁迅先生的书他也全读过，一开口这个，一开口那个。并且海婴叫他 × 先生，我一听那 × 字就明白他是谁了。× 先生常常回来得很迟，从鲁迅先生家里出来，在弄堂里遇到了几次。

有一天晚上 × 先生从三楼下来，手里提着小箱子，身上穿着长袍子，站在鲁迅先生的面前，他说他要搬了。他告了辞，许先生送他下楼去了。这时候周先生在地板上绕了两个圈子，问我说：

"你看他到底是商人吗？"

"是的。"我说。

鲁迅先生很有意思地在地板上走几步，而后向我说："他是贩卖私货的商人，是贩卖精神上的……"

× 先生走过二万五千里回来的。

青年人写信，写得太草率，鲁迅先生是深恶痛绝之的。

"字不一定要写得好，但必须得使人一看了就认识，青年人现在都太忙了……他自己赶快胡乱写完了事，别人看了三遍五遍看不明白，这费了多少工夫，他不管。反正这费的工夫不是他的。这存心是不太好的。"

但他还是展读着每封由不同角落里投来的青年的信，眼睛不济时，便戴起眼镜来看，常常看到夜里很深的时光。

珂勒惠支的画，鲁迅先生最佩服，同时也很佩服她的做人，珂勒惠支受希特勒的压迫，不准她做教授，不准她画画，鲁迅先生常讲到她。

史沫特莱，鲁迅先生也讲到，她是美国女了，帮助印度独立运动，现在又在援助中国。

鲁迅先生介绍给人去看的电影：《夏伯阳》《复仇艳遇》……其余的如《人猿泰山》……或者非洲的怪兽这一类的影片，也常介绍给人的。鲁迅先生说："电影没有什么好看的，看看鸟兽之类倒可以增加些对于动物的知识。"

鲁迅先生不游公园，住在上海十年，兆丰公园没有进过，虹口公园这么近也没有进过。春天一到了，我常告诉周先生，我说公园里的土松软了，公园里的风多么柔和，周先生答应选个晴好的天气，选个礼拜日，海婴休假日，好一道去，坐一乘小汽车一直开到兆丰公园，也算是短途旅行，但这只是想着而未有做到，并且把公园给下了定义，鲁迅先生说："公园的样子我知道的……一进门分做两条路，一条通左边，一条通右边，沿着路种着点柳树什么的，树下摆着几张长椅子，再远一点有个水池子。"

我是去过兆丰公园，也去过虹口公园或是法国公园的，仿佛这个定义适用在任何国度的公园设计者。

鲁迅先生不戴手套，不围围巾，冬天穿着黑石蓝的棉布袍子，头上戴着灰色毡帽，脚穿黑帆布胶皮底鞋。

胶皮底鞋夏天特别热，冬天又凉又湿，鲁迅先生的身体不算好，大家都提议把这鞋子换掉。鲁迅先生不肯，他说胶皮底鞋子走路方便。

"周先生一天走多少路呢？也不就一转弯到××书店走一趟吗？"

鲁迅先生笑而不答。

"周先生不是很好伤风吗？不围巾子，风一吹不就伤风了吗？"

鲁迅先生这些个都不习惯，他说：

"从小就没戴过手套围巾，戴不惯。"

鲁迅先生一推开门从家里出来时，两只手露在外边，很宽的袖口冲着风就向前走，腋下挟着个黑绸子印花的包袱，里边包着书或者是信，到老靶子路书店去了。

那包袱每天出去必带出去，回来必带回来，出去时带着回给青年们的信，回来又从书店带来新的信和青年请鲁迅先生看的稿子。

鲁迅先生抱着印花包袱从外边回来，还提着一把伞，一进门客厅里早坐着客人，把伞挂在衣架上就陪客人谈起话来。谈了很久了，伞上的水滴顺着伞杆在地板上已经聚了一堆水。

鲁迅先生上楼去拿香烟，抱着印花包袱，而那把伞也没有忘记，顺手也带到楼上去。

鲁迅先生的记忆力非常之强，他的东西从不随便散置在任何地方。

鲁迅先生很喜欢北方口味。许先生想请一个北方厨子，鲁迅先生以为开销太大，请不得的，男用人，至少要十五元钱的工钱。

所以买米买炭都是许先生下手，我问许先生为什么用两个女用人都是年老的，都是六七十岁？许先生说她们做惯了，海婴的保姆，海婴几个月时就在这里。

正说着那矮胖胖的保姆走下楼梯来了，和我们打了个迎面。

"先生，没吃茶吗？"她赶快拿了杯子去倒茶，那刚刚下楼时气喘的声音还在喉管里咕噜咕噜的，她确是年老了。

来了客人，许先生没有不下厨房的，菜食很丰富，鱼，肉……都是用大碗装着，起码四五碗，多则七八碗。可是平常就只三碗菜：一碗素炒豌豆苗，一碗笋炒咸菜，再一碗黄花鱼。

这菜简单到极点。

鲁迅先生的原稿，在拉都路一家炸油条的那里用着包油条，我得到了一张，是译《死魂灵》的原稿，写信告诉了鲁迅先生，鲁迅先生不以为稀奇。许先生倒很生气。

鲁迅先生出书的校样，都用来揩桌子，或做什么的。请客人在家里吃饭，吃到半道，鲁迅先生回身去拿来校样给大家分着，客人接到手里一看，这怎么可以？鲁迅先生说：

"擦一擦，拿着鸡吃，手是腻的。"

到洗澡间去，那边也摆着校样纸。

许先生从早晨忙到晚上，在楼下陪客人，一边还手里打着毛线。不然就是一边谈着话一边站起来用手摘掉花盆里花上已干枯了的叶子。许先生每送一个客人，都要送到楼下的门口，替客人把门开开，客人走出去而后轻轻地关了门再上楼来。

来了客人还要到街上去买鱼或鸡，买回来还要到厨房里去工作。

鲁迅先生临时要寄一封信，就得许先生换起皮鞋子来到邮局或者大陆新村旁边的信筒那里去。落着雨的天，许先生就打起伞来。

许先生是忙的，许先生的笑是愉快的，但是头发有些是白了的。

夜里去看电影，施高塔路的汽车房只有一辆车，鲁迅先生一定不坐，一定让我们坐。许先生，周建人夫人……海婴，周建人先生的三位女公子。我们上车了。

鲁迅先生和周建人先生，还有别的一二位朋友在后边。

看完了电影出来，又只叫到一部汽车，鲁迅先生又一定不肯坐，让周建人先生的全家坐着先走了。

鲁迅先生旁边走着海婴，过了苏州河的大桥去等电车去了。等了二三十分钟电车还没有来，鲁迅先生依着沿苏州河的铁栏杆坐在桥边的石围上了，并且拿出香烟来，装上烟嘴，悠然地吸着烟。

海婴不安地来回乱跑，鲁迅先生还招呼他和自己并排地坐下。

鲁迅先生坐在那儿和一个乡下的安静老人一样。

鲁迅先生吃的是清茶，其余不吃别的饮料。咖啡、可可、牛奶、汽水之类，家里都不预备。

鲁迅先生陪客人到夜深，必同客人一道吃些点心，那饼干就是从铺子里买来的，装在饼干盒子里，到夜深许先生拿着碟子取出来，摆在鲁迅先生的书桌上，吃完了，许先生打开立柜再取一碟，还有向日葵子差不多每来客人必不可少。鲁迅先生一边抽着烟，一边剥着瓜子吃，吃完了一碟鲁迅先生必请许先生再拿一碟来。

鲁迅先生备有两种纸烟，一种价钱贵的，一种便宜的，便宜的是绿听子的，我不认识那是什么牌子，只记得烟头上带着黄纸的嘴，每五十支的价钱大概是四角到五角，是鲁迅先生自己平日用的。另一种是白听子的，是前门烟，用来招待客人的，白烟听放在鲁迅先生书桌的抽屉里。来客人鲁迅先生下楼，把它带到楼下去，客人走了，又带回楼上来照样放在抽屉里。而绿听子的永远放在书桌上，是鲁迅先生随时吸着的。

鲁迅先生的休息，不听留声机，不出去散步，也不倒在床上睡觉，鲁迅先生自己说：

"坐在椅子上翻一翻书就是休息了。"

鲁迅先生从下午两三点钟起就陪客人，陪到五点钟，陪到六点钟，客人若在家吃饭，吃过饭又必要在一起喝茶，或者刚刚喝完茶走了，或者还没走就又来了客人，于是又陪下去，陪到八点钟，十点钟，常常陪到十二点钟。从下午两三点钟起，陪到夜里十二点，这么长的时间，鲁迅先生都是坐在藤躺椅上，不断地吸着烟。

客人一走，已经是下半夜了，本来已经是睡觉的时候了，可是鲁迅先生正要开始工作。在工作之前，他稍微阖一阖眼睛，燃起一支烟来，躺在床边上，这一支烟还没有吸完，许先生差不多就在床里边睡着了（许先生为什么睡得这样快？因为第二天早晨六七点钟就要起来管理家务）。海婴这时也在三楼和保姆一道睡着了。

全楼都寂静下去，窗外也是一点声音没有了，鲁迅先生站起来，坐到书桌边，在那绿色的台灯下开始写文章了。

许先生说鸡鸣的时候，鲁迅先生还是坐着，街上的汽车嘟嘟地叫起来了，鲁迅先生还是坐着。

有时许先生醒了，看着玻璃窗白蒙蒙的了，灯光也不显得怎样亮了，鲁迅先生的背影不像夜里那样黑大。

鲁迅先生的背影是灰黑色的，仍旧坐在那里。

人家都起来了，鲁迅先生才睡下。

海婴从三楼下来，背着书包，保姆送他到学校去，经过鲁迅先生的门前，保姆总是吩咐他说：

"轻一点走，轻一点走。"

鲁迅先生刚一睡下，太阳就高起来了。太阳照着隔院子的人家，明亮亮的；照着鲁迅先生花园的夹竹桃，明亮亮的。

鲁迅先生的书桌整整齐齐的，写好的文章压在书下边，毛笔在烧瓷的小龟背上站着。

一双拖鞋停在床下，鲁迅先生在枕头边睡着了。

鲁迅先生喜欢吃一点酒，但是不多吃，吃半小碗或一碗。鲁迅先生吃的是中国酒，多半是花雕。

鬼到底是有的是没有的？传说上有人见过，还跟鬼说过话，还有人被鬼在后边追赶过，吊死鬼一见了人就贴在墙上。但没有一个人捉住一个鬼给大家看看。

鲁迅先生讲了他看见过鬼的故事给大家听：

"是在绍头……"鲁迅先生说，"三十年前……"

那时鲁迅先生从日本读书回来，在一个师范学堂里也不知是什么学堂里教书，晚上没有事时，鲁迅先生总是到朋友家去谈天，这朋友住得离学堂几里路，几里路不算远，但必得经过一片坟地。谈天有的时候就谈得晚了，十一二点钟才回学堂的事也常有。有一天鲁迅先生就回去得很晚，天空有很大的月亮。

鲁迅先生向着归路走得很起劲时，往远处一看，远远有一个白影。

鲁迅先生不相信鬼的，在日本留学时是学的医，常常把死人抬来解剖的，鲁迅先生解剖过二十几个，不但不怕鬼，对死也不怕，所以对于坟地也就根本不怕，仍旧是向前走的。

走了不几步，那远处的白影没有了，再看突然又有了。并且时小时大，时高时低，正和鬼一样。鬼不就是变幻无常的吗？

鲁迅先生有点踌躇了，到底向前走呢，还是回过头来走？

本来回学堂不止这一条路，这不过是最近的一条就是了。

鲁迅先生仍是向前走，到底要看一看鬼是什么样，虽然那时候也怕了。

鲁迅先生那时从日本回来不久，所以还穿着硬底皮鞋，鲁迅先生决心要给那鬼一个致命的打击。等走到那白影的旁边时，那白影缩小了，蹲下了，一声不响地靠住了一个坟堆。

鲁迅先生就用了他的硬皮鞋踢出去。

那白影噢的一声叫出来，随着就站起来，鲁迅先生定眼看去，他却是个人。

鲁迅先生说在他踢的时候，他是很害怕的，好像若一下不把那东西踢死，自己反而会遭殃的，所以用了全力踢出去。

原来是个盗墓子的人在坟场上半夜做着工作。

鲁迅先生说到这里就笑了起来。

"鬼也是怕踢的，踢他一脚就立刻变成人了。"

我想，倘若是鬼常常让鲁迅先生踢踢倒是好的，因为给了他一个做人的机会。

从福建菜馆叫的菜，有一碗鱼做的丸子。

海婴一吃就说不新鲜，许先生不信，别的人也都不信。因为那丸子有的新鲜，有的不新鲜，别人吃到嘴里的恰好都是没有改味的。

许先生又给海婴一个，海婴一吃，又是不好的，他又嚷嚷着。别人都不注意，鲁迅先生把海婴碟里的拿来尝尝，果然是不新鲜的。鲁迅先生说：

"他说不新鲜，一定也有他的道理，不加以查看就抹杀是不对的。"

……

以后我想起这件事来，私下和许先生谈过，许先生说："周先生的做人，真是我们学不了的。哪怕一点点小事。"

鲁迅先生包一个纸包也要包到整整齐齐，常常把要寄出的书，鲁迅先生从许先生手里拿过来自己包。许先生本来包得多么好，而鲁迅先生还要亲自动手。

鲁迅先生把书包好了，用细绳捆上，那包方方正正的，连一个角也不准歪一点或扁一点，而后拿起剪刀，把捆书的那绳头都剪得整整齐齐。

就是包这书的纸都不是新的，都是从街上买东西回来留下来的。许先生上街回来把买来的东西一打开随手就把包东西的牛皮纸折起来，随手把小细绳圈了一个圈，若小细绳上有一个疙瘩，也要随手把它解开的，准备着随时用随时方便。

鲁迅先生住的是大陆新村九号。

一进弄堂口，满地铺着大方块的水门汀，院子里不怎样嘈杂，从这院子出入的有时候是外国人，也能够看到外国小孩在院子里零星地玩着。

鲁迅先生隔壁挂着一块大的牌子，上面写着一个"茶"字。

在 1935 年 10 月 1 日。

鲁迅先生的客厅摆着长桌，长桌是黑色的，油漆不十分新鲜，但也并不破旧，桌上没有铺什么桌布，只在长桌的当心摆着一个绿豆青色的花瓶，花瓶里长着几株大叶子的万年青，围着长桌有七八张木椅子。尤其是在夜里，全弄堂一点什么声音也听不到。

那夜，就和鲁迅先生和许先生一道坐在长桌旁边喝茶的。当夜谈了许多关于伪满洲国的事情，从饭后谈起，一直谈到九点钟十点钟而后到十一点，时时想退出来，让鲁迅先生好早点休息，因为我看出来鲁迅先生身体不大好，又加上听许先生说过，鲁迅先生伤风了一个多月，刚好了的。

但是鲁迅先生并没有疲倦的样子。虽然客厅里也摆着一张可以卧倒的藤椅，我们劝他几次想让他坐在藤椅上休息一下，但是他没有去，仍旧坐在椅子上。并且还上楼一次，去加穿了一件皮袍子。

那夜鲁迅先生到底讲了些什么，现在记不起来了。也许想起来的不是那夜讲的而是以后讲的也说不定。过了十一点，天就落雨了，雨点淅沥淅沥地打在玻璃窗上，窗子没有窗帘，所以偶一回头，就看到玻璃窗上有小水流往下流。夜已深了，并且落了雨，心里十分着急，几次站起来想要走，但是鲁迅先生和许先生一再说坐一下："十二点钟以前终归有车子可搭的。"所以一直坐到将近十二点，才穿起雨衣来，打开客厅外面的响着的铁门，鲁迅先生非要送到铁门外不可。我想为什么他一定要送呢？对于这样年轻的客人，这样的送是应该的么？雨不会打湿了头发，受了寒伤风不又要继续下去么？站在铁门外边，鲁迅先生说，并且指着隔壁那家写着有"茶"字的大牌子："下次来记住这个'茶'，就是这个'茶'的隔壁。"而且伸出手去，几乎是触到了钉在铁门旁边的那个九号的"九"字，"下次来记住茶的旁边九号。"

于是脚踏着方块的水门汀，走出弄堂来，回过身去往院子里边看了一看，鲁迅先生那一排房子统统是黑洞洞的，若不是告诉得那样清楚，下次来恐怕要记不住的。

鲁迅先生的卧室，一张铁架大床，床顶上遮着许先生亲手做的白布刺花的围子，顺着床的一边折着两床被子，都是很厚的，是花洋布的被面。挨着门口的床头的方面站着屋柜。一进门的左手摆着八仙桌，桌子的两旁藤椅各一，立柜站在和方桌一排的墙角，立柜本是挂衣裳的，衣裳却很少，都让糖盒子、饼干筒子、瓜子罐给塞满了，有一次 × × 老板的太太来拿版权的图章花，鲁迅先生就从立柜下边大抽屉里取出的。沿着墙角望窗子那边走，有一张装饰台，台子上有一个方方的满浮着绿草的玻璃养鱼池，里边游着的不是金鱼而是灰色的扁肚子的小鱼，除了鱼池之外另有一只圆的表，其余那上边满装着书。铁架床靠窗子的那头的书柜里书柜外都是书。最后是鲁迅先生的写字台，那上边也都是书。

鲁迅先生家里，从楼上到楼下，没有一个沙发，鲁迅先生工作时坐的椅子是硬的，休息时的藤椅是硬的，到楼下陪客人时坐的椅子又是硬的。

鲁迅先生的写字台面向着窗子，上海弄堂房子的窗子差不多满一面墙那么大，鲁迅先生把它关起来，因为鲁迅先生工作起来有一个习惯，怕吹风，他说，风一吹，纸就动，时时防备着纸跑，文章就写不好。所以屋子热得和蒸笼似的，请鲁迅先生到楼下去，他又不肯，鲁迅先生的习惯是不换地方。有时太阳照进来，许先生劝他把书桌移开一点都不肯，只有满身流汗。

鲁迅先生的写字桌，铺了一张蓝格子的油漆布，四角都用图钉按着。桌子上有小砚台一方，墨一块，毛笔站在笔架上，笔架是烧瓷的，在我看来不很细致，是一个龟，龟背上带着好几个洞，笔就插在那洞里。鲁迅先生多半是用毛笔的，钢笔也不是没有，是放在抽屉里。桌上有一个方大的白瓷的烟灰盒，还有一个茶杯，杯子上戴着盖。

鲁迅先生的习惯与别人不同，写文章用的材料和来信都压在桌子上，把桌子都压得满满的，几乎只有写字的地方可以伸开手，其余桌子的一半被书或纸张占有着。

左手边的桌角上有一个带绿灯罩的台灯，那灯泡是横着装的，在上海那是极普通的台灯。

冬天在楼上吃饭，鲁迅先生自己拉着电线把台灯的机关从棚顶的灯头上拔下，而后装上灯泡子，等饭吃过了，许先生再把电线装起来，鲁迅先生的台灯就是这样做成的，拖着一根长的电线在棚顶上。

鲁迅先生的文章，多半是在这台灯下写的。因为鲁迅先生的工作时间，多半是在下半夜一两点起，天将明了休息。

卧室就是如此，墙上挂着海婴公子一个月婴孩的油画像。

挨着卧室的后楼里边，完全是书了，不十分整齐，报纸和杂志或洋装的书，都混在这屋子里，一走进去多少还有些纸张气味，地板被书遮盖得太小了，几乎没有了，大网篮也堆在书中。墙上拉着一条绳子或者是铁丝，就在那上边系了小提盒、铁丝笼之类；风干荸荠就盛在铁丝笼里，扯着的那铁丝几乎被压断了在弯弯着。一推开藏书室的窗子，窗子外边还挂着一筐风干荸荠。

"吃吧，多得很，风干的，格外甜。"许先生说。

楼下厨房传来了煎菜的锅铲的响声，并且两个年老的娘姨慢重重地在讲一些什么。

来了客人都是许先生亲自倒茶，即或是麻烦到娘姨时，也是许先生下楼去吩咐，绝没有站到楼梯口就大声呼唤的时候。所以整个的房子都在静悄悄之中。

只有厨房比较热闹了一点，自来水哗哗地流着，洋瓷盆在水门汀的水池子上每拖一下磨着擦擦地响，洗米的声音也是擦擦的。鲁迅先生很喜欢吃竹笋的，在菜板上切着笋片笋丝时，刀刃每划下去都是很响的。其实比起别人家的厨房来却冷清极了，所以洗米声和切笋声都分开来听得样样清清晰晰。

客厅的一边摆着并排的两个书架，书架是带玻璃橱的，里面有朵斯托益夫斯基的全集和别的外国作家的全集，大半多是日文译本，地板上没有地毯，但擦得非常干净。

海婴公子的玩具橱也站在客厅里，里边是些毛猴子、橡皮人、火车汽车之类，里边装得满满的，别人是数不清的，只有海婴自己伸手到里边找什么就有什么，过新年时在街上买的兔子灯，纸毛上已经落了灰尘了，仍摆在玩具橱顶上。

客厅只有一个灯头，大概五十烛光，客厅的后门对着上楼的楼梯，前门一打开有一个一方丈大小的花园，花园里没有什么花看，只有一棵很高的七八尺高的小树，大概那树是柳桃，一到了春天，喜欢生长蚜虫，忙得许先生拿着喷蚊虫的机器，一边陪着谈话，一边喷着杀虫药水。沿了墙根，种了一排玉米，许先生说："这玉米长不大的，这土是没有养料的，海婴一定要种。"

春天，海婴在花园里掘着泥沙，培植着各种玩意。

三楼则特别静了，向着太阳开着两扇玻璃门，门外有一个水门汀的突出的小廊子，春天很温暖地抚摸着门口长垂着的帘子，有时候帘子被风打得很高，飘扬的饱满得和大鱼泡似的，那时候隔院的绿树照进玻璃门扇里来了。

海婴坐在地板上装着小工程师在修着一座楼房，他那楼房是用椅子横倒了架起来修的，而后遮起一张被单来算作屋瓦，全个房子在他自己拍着手的赞誉声中完成了。

这间屋感到些空旷和寂寞，既不像女工住的屋子，又不像儿童室。海婴的眠床靠着屋子的一边放着那大圆顶帐子，日里也不打起来，长拖拖的好像从棚顶一直垂到地板上，那床是非常讲究的属于刻花的木器一类的。许先生讲过，租这房子时，从前一个房客转留下来的。海婴和他的保姆，就睡在五六尺宽的大床上。

冬天烧过的火炉，三月里还冷冰冰地在地板上站着。

海婴不大在三楼上玩的，除了到学校去，就是在院子里踏脚踏车，他非常喜欢跑跳，所以厨房、客厅、二楼，他是无处不跑的。

三楼整天在高处空着，三楼的后楼住着另一个老女工，一天很少上楼来，所以楼梯擦过之后，一天到晚干净得溜明。

1936 年 3 月里鲁迅先生病了，靠在二楼的躺椅上，心脏跳动得比平日厉害，脸色略微灰了一点。

许先生正相反的，脸色是红的，眼睛显得大了，讲话的声音是平静的，态度并没有比平日慌张。在楼下，一走进客厅来许先生就告诉说：

"周先生病了，气喘……喘得厉害，在楼上靠在躺椅上。"

鲁迅先生呼喘的声音，不用走到他的旁边，一进了卧室就听得到的。鼻子和胡须在煽着，胸部一起一落。眼睛闭着，差不多永久不离开手的纸烟，也放弃了。藤躺椅后边靠着枕头，鲁迅先生的头有些向后，两只手空闲地垂着。眉头仍和平日一样没有聚皱，脸上是平静的，舒展的，似乎并没有任何痛苦加在身上。

"来了吗？"鲁迅先生睁一睁眼睛，"不小心，着了凉……呼吸困难……到藏书的房子去翻一翻书……那房子因为没有人住，特别凉……回来就……"

许先生看周先生说话吃力，赶快接着说周先生是怎样气喘的。

医生看过了，吃了药，但喘并未停，下午医生又来过，刚刚走。

卧室在黄昏里边一点一点地暗下去，外边起了一点小风，隔院的树被风摇着发响。别人家的窗子有的被风打着发出自动关开的响声，家家的流水道都是哗啦哗啦地响着水声，一定是晚餐之后洗着杯盘的剩水。晚餐后该散步的散步去了，该会朋友的会友去了，弄堂里来去的稀疏不断地走着人，而娘姨们还没有解掉围裙呢，就依着后门彼此搭讪起来。小孩子们三五一伙前门后门地跑着，弄堂外汽车穿来穿去。

鲁迅先生坐在躺椅上，沉静的，不动地阖着眼睛，略微灰了的脸色被炉里的火光染红了一点。纸烟听子蹲在书桌上，盖着盖子，茶杯也蹲在桌子上。

许先生轻轻地在楼梯上走着，许先生一到楼下去，二楼就只剩了鲁迅先生一个人坐在椅子上，呼喘把鲁迅先生的胸部有规律性地抬得高高的。

鲁迅先生必得休息的，须藤老医生是这样说的。可是鲁迅先生从此不但没有休息，并且脑子里所想的更多了，要做的事情都像非立刻就做不可，校《海上述林》的校样，印珂勒惠支的画，翻译《死魂灵》下部；刚好了，这些就都一起开始了，还计算着出三十年集。

　　鲁迅先生感到自己的身体不好，就更没有时间注意身体，所以要多做，赶快做，当时大家不解其中的意思，都以为鲁迅先生不加以休息不以为然，后来读了鲁迅先生《死》的那篇文章才了然了。

　　鲁迅先生知道自己的健康不成了，工作的时间没有几年了，死了是不要紧的，只要留给人类更多，鲁迅先生就是这样。

　　不久书桌上德文字典和日文字典又都摆起来了，果戈理的《死魂灵》又开始翻译了。

　　鲁迅先生的身体不大好，容易伤风，伤风之后，照常要陪客人，回信，校稿子。所以伤风之后总要拖下去一个月或半个月的。

　　《海上述林》校样，1935年冬，1936年的春天，鲁迅先生不断地校着，几十万字的校样，要看三遍，而印刷所送校样来总是十页八页的，并不是统统一道地送来，所以鲁迅先生不断地被这校样催索着，鲁迅先生竟说：

　　"看吧，一边陪着你们谈话，一边看校样的，眼睛可以看，耳朵可以听……"

有时客人来了，一边说着笑话，一边鲁迅先生放下了笔。有的时候也说："就剩几个字了……请坐一坐……"

1935年冬天许先生说：

"周先生的身体不如从前了。"

有一次鲁迅先生到饭馆里去请客，来的时候兴致很好，还记得那次吃了一只烤鸭子，整个的鸭子用大钢叉子叉上来时，大家看着这鸭子烤得又油又亮的，鲁迅先生也笑了。

菜刚上满了，鲁迅先生就到竹躺椅上吸一支烟，并且阖一阖眼睛。一吃完了饭，有的喝多了酒的，大家都乱闹了起来，彼此抢着苹果，彼此讽刺着玩，说着一些刺人可笑的话，而鲁迅先生这时候，坐在躺椅上，阖着眼睛，很庄严地在沉默着，让拿在手上纸烟的烟丝，慢慢地上升着。

别人以为鲁迅先生也是喝多了酒吧！

许先生说，并不是的。

"周先生的身体是不如从前了，吃过了饭总要阖一阖眼稍微休息一下，从前一向没有这习惯。"

周先生从椅子上站起来了，大概说他喝多了酒的话让他听到了。

"我不多喝酒的，小的时候，母亲常提到父亲喝了酒，脾气怎样坏，母亲说，长大了不要喝酒，不要像父亲那样子……所以我不多喝的……从来没有喝醉过……"

鲁迅先生休息好了，换了一支烟，站起来也去拿苹果吃，可是苹果没有了。鲁迅先生说：

"我争不过你们了，苹果让你们抢没了。"

有人抢到手的还在保存着的苹果，奉献出来，鲁迅先生没有吃，只在吸烟。

1936 年春，鲁迅先生的身体不大好，但没有什么病，吃过了晚饭，坐在躺椅上，总要闭一闭眼睛沉静一会。

许先生对我说，周先生在北京时，有时开着玩笑，手按着桌子一跃就能够跃过去，而近年来没有这么做过，大概没有以前那么灵便了。

这话许先生和我是私下讲的，鲁迅先生没有听见，仍靠在躺椅上沉默着呢。

许先生开了火炉的门，装着煤炭哗哗地响，把鲁迅先生震醒了。一讲起话来鲁迅先生的精神又照常一样。

鲁迅先生吃饭，是在楼上单开一桌，那仅仅是一个方木盘，许先生每餐亲手端到楼上去，那黑油漆的方木盘中摆着三四样小菜，每样都用小吃碟盛着，那小吃碟直径不过二寸，一碟豌豆苗或菠菜或苋菜，把黄花鱼或者鸡之类也放在小碟里端上楼去，若是鸡，那鸡也是全鸡身上最好的一块地方拣下来的肉，若是鱼，也是鱼身上最好一部分许先生才把它拣下放在小碟里。

许先生用筷子来回地翻着楼下的饭桌上菜碗里的东西，菜拣嫩的，不要茎，只要叶，鱼肉之类，拣烧得软的，没有骨头没有刺的。

心里存着无限的期望，无限的要求，用了比祈祷更虔诚的目光，许先生看着她自己手里选得精精致致的菜盘子，而后脚板触着楼梯上了楼。

希望鲁迅先生多吃一口，多动一动筷，多喝一口鸡汤。鸡汤和牛奶是医生所嘱的，一定要多吃一些的。

把饭送上去，有时许先生陪在旁边，有时走下楼来又做些别的事，半个钟头之后，到楼上去取这盘子。这盘子装得满满的，有时竟照原样一动也没有动又端下来了，这时候许先生的眉头微微地皱了一点。旁边若有什么朋友，许先生就说："周先生的热度高，什么也吃不落，连茶也不愿意吃，人很苦，人很吃力。"

有一天许先生用着波浪式的专门切面包的刀切着一个面包，是在客厅后边方桌上切的，许先生一边切着一边对我说：

"劝周先生多吃些东西，周先生说，人好了再保养，现在勉强吃也是没用的。"

许先生接着似乎问着我：

"这也是对的。"

而后把牛奶面包送上楼去了。一碗烧好的鸡汤，从方盘里许先生把它端出来了，就摆在客厅后的方桌上。许先生上楼去了，那碗热的鸡汤在桌子上自己悠然地冒着热气。

许先生由楼上回来还说呢：

"周先生平常就不喜欢吃汤之类，在病里，更勉强不下了。"

那已经送上去的一碗牛奶又带下来了。

许先生似乎安慰着自己似的：

"周先生人强，欢喜吃硬的，油炸的，就是吃饭也喜欢吃硬饭……"

许先生楼上楼下地跑，呼吸有些不平静，坐在她旁边，似乎可以听到她心脏的跳动。

鲁迅先生开始独桌吃饭以后，客人多半不上楼来了，经许先生婉言把鲁迅先生健康的经过报告了之后就走了。

鲁迅先生在楼上一天一天地睡下去，睡了许多日子就有些寂寞了，有时大概热度低了点就问许先生：

"有什么人来过吗？"

看鲁迅先生精神好些，就一一地报告过。

有时也问到有什么刊物来。

鲁迅先生病了一个多月了。

证明了鲁迅先生是肺病，并且是肋膜炎，须藤老医生每天来了，为鲁迅先生先把肋膜积水用打针的方法抽净，共抽过两三次。

这样的病，为什么鲁迅先生自己一点也不晓得呢？许先生说，周先生有时觉得肋痛了就自己忍着不说，所以连许先生也不知道，鲁迅先生怕别人晓得了又要不放心，又要看医生，医生一定又要说休息。鲁迅先生自己知道做不到的。

福民医院美国医生的检查，说鲁迅先生肺病已经二十年了。这次发了怕是很严重。

医生规定个日子，请鲁迅先生到福民医院去详细检查，要照 X 光的。

但鲁迅先生当时就下楼是下不得的，又过了许多天，鲁迅先生到福民医院去查病去了。照 X 光后给鲁迅先生照了一个全部的肺部的照片。

这照片取来的那天许先生在楼下给大家看了，右肺的上尖角是黑的，中部也黑了一块，左肺的下半部都不大好，而沿着左肺的边边黑了一大圈。

这之后，鲁迅先生的热度仍高，若再这样热度不退，就很难抵抗了。

那查病的美国医生，只查病，而不给药吃，他相信药是没有用的。

须藤老医生，鲁迅先生早就认识，所以每天来，他给鲁迅先生吃了些退热的药，还吃停止肺部菌活动的药。他说若肺不再坏下去，就停止在这里，热自然就退了，人是不危险的。

鲁迅先生在四月里，曾经好了一点，有一天下楼去赴一个约会，把衣裳穿得整整齐齐，腋下挟着黑花包袱，戴起帽子来，出门就走。

许先生在楼下正陪客人，看鲁迅先生下来了，赶快说：

"走不得吧，还是坐车子去吧。"

鲁迅先生说："不要紧，走得动的。"

许先生再加以劝说，又去拿零钱给鲁迅先生带着。

鲁迅先生说不要不要，坚决地就走了。

"鲁迅先生的脾气很刚强。"

许先生无可奈何地，只说了这一句。

鲁迅先生晚上回来，热度增高了。

鲁迅先生说：

"坐车子实在麻烦，没有几步路，一走就到。还有，好久不出去，愿意走走……动一动就出毛病……还是动不得……"

病压服着鲁迅先生又躺下了。

七月里，鲁迅先生又好些。

药每天吃，记温度的表格照例每天好几次在那里画，老医生还是照常地来，说鲁迅先生就要好起来了，说肺部的菌已停止了一大半，肋膜也好了。

客人来差不多都要到楼上来拜望拜望，鲁迅先生带着久病初愈的心情，又谈起话来，披了一张毛巾子坐在躺椅上，纸烟又拿在手里了，又谈翻译，又谈某刊物。

一个月没有上楼去，忽然上楼还有些心不安，我一进卧室的门，觉得站也没有地方站，坐也不知坐在哪里。

许先生让我吃茶，我就倚着桌子边站着，好像没有看见那茶杯似的。

鲁迅先生大概看出我的不安来了，便说：

"人瘦了，这样瘦是不成的，要多吃点。"

鲁迅先生又在说玩笑话了。

"多吃就胖了，那么周先生为什么不多吃点？"

鲁迅先生听了这话就笑了，笑声是明朗的。

从七月以后鲁迅先生一天天地好起来了，牛奶、鸡汤之类，为了医生所嘱也隔三岔五地吃着，人虽是瘦了，但精神是好的。

鲁迅先生说自己体质的本质是好的，若差一点的，就让病打倒了。

这一次鲁迅先生保持了很长的时间，没有下楼更没有到外边去过。

在病中，鲁迅先生不看报，不看书，只是安静地躺着。但有一张小画是鲁迅先生放在床边上不断看着的。

那张画，鲁迅先生未生病时，和许多画一道拿给大家看过的，小得和纸烟包里抽出来的那画片差不多。那上边画着一个穿大长裙子飞着头发的女人在大风里边跑，在她旁边的地面上还有小小的红玫瑰花的花朵。

记得是一张苏联某画家着色的木刻。

鲁迅先生有很多画，为什么只选了这张放在枕边？

许先生告诉我的，她也不知道鲁迅先生为什么常常看这小画。

有人来问他这样那样的，他说：

"你们自己学着做，若没有我呢！"

这一次鲁迅先生好了。

还有一样不同的，觉得做事要多做……

鲁迅先生以为自己好了，别人也以为鲁迅先生好了。

准备冬天要庆祝鲁迅先生工作三十年。

又过了三个月。

1936 年 10 月 17 日，鲁迅先生病又发了，又是气喘。

17 日，一夜未眠。

18 日，终日喘着。

19 日，夜的下半夜，人衰弱到极点了。天将发白时，鲁迅先生就像他平日一样，工作完了，他休息了。

弘一法师之出家

/ 夏丏尊

今年旧历九月二十日，是弘一法师满六十岁诞辰。佛学书局因为我是他的老友，嘱写些文字以为纪念，我就把他出家的经过加以追叙。他是三十九岁那年夏间披剃的，到现在已整整作了二十一年的僧侣生涯。我这里所述的，也都是二十一年前的旧事。

说起来也许会叫大家不相信，弘一法师的出家可以说和我有关，没有我，也许不至于出家。关于这层，弘一法师自己也承认。有一次，记得是他出家二三年后的事，他要到新城掩关去了，杭州知友们在银洞巷虎跑寺下院替他饯行，有白衣，有僧人。斋后，他在座间指了我向大家道：

230

"我的出家，大半由于这位夏居士的助缘。此恩永不能忘！"

我听了不禁面红耳赤，惭悚无以自容。因为，一、我当时自己尚无信仰，以为出家是不幸的事情，至少是受苦的事情。弘一法师出家以后即修种种苦行，我见了常不忍。二、他因我之助缘而出家修行去了，我却竖不起肩膀，仍浮沉在醉生梦死的凡俗之中。所以深深地感到对于他的责任，很是难过。

我和弘一法师（俗姓李，名字屡易，为世熟知者名曰息，字曰叔同）相识，是在杭州浙江两级师范学校（后改名浙江第一师范学校）任教的时候。这个学校有一个特别的地方，不轻易更换教职员。我前后担任了十三年，他担任了七年。在这七年中，我们晨夕一堂，相处得很好。他比我长六岁，当时我们已是三十左右的人，少年名士气息铲除将尽，想在教育上做些实际功夫。我担任舍监职务，兼教修身课，时时感觉对于学生感化力不足。他教的是图画音乐二科，这两种科目，在他未来以前是学生所忽视的，自他任教以后就忽然被重视起来，几乎把全校学生的注意力都牵引过去了。课余但闻琴声歌声，假日常见学生出外写生，这原因一半当然是他对于这二科实力充足，一半也由于他的感化力大。只要提起他的名字，全校师生以及工役没有人不起敬的。他的力量全由诚敬中发出，我只好佩服他，不能学他。举一个实例来说，有一次，寄宿舍里有学生失少了财物了，大家猜测是某一个学生偷的，检查起来却没有得到证据。

我身为舍监，深觉惭愧苦闷，向他求教。他所指教我的方法说也怕人，教我自杀！说：

"你肯自杀吗？你若出一张布告，说做贼者速来自首。如三日内无自首者，足见舍监诚信未孚，誓一死以殉教育。果能这样，一定可以感动人，一定会有人来自首。——这话须说得诚实，三日后如没有人自首，真非自杀不可。否则便无效力。"

这话在一般人看来是过分之辞，他提出来的时候却是真心的流露，并无虚伪之意。我自愧不能照行，向他笑谢，他当然也不责备我。我们那时颇有些道学气，俨然以教育者自任，一方面又痛感到自己力量的不够。可是所想努力的，还是儒家式的修养，至于宗教方面简直毫不关心的。

有一次，我从一本日本的杂志上见到一篇关于断食的文章，说断食是身心"更新"的修养方法。自古宗教上的伟人，如释迦，如耶稣，都曾断过食。断食能使人除旧换新，改去恶德，生出伟大的精神力量。并且还列举实行的方法及应注意的事项，又介绍了一本专讲断食的参考书。我对于这篇文章很有兴味，便和他谈及，他就好奇地向我要了杂志去看。以后我们也常谈到这事，彼此都有"有机会时最好把断食来试试"的话，可是并没有作过具体的决定，至少在我自己是说过就算了的。约莫经过了一年，他竟独自去实行断食了。这是他出家前一年阳历年假的事。他有家眷在上海，平日每月回上海两次，年假暑假当然都回上海的。阳历年假只十天，放假以后我也就回家去了，总以为他仍照例回到上海了。假满返校，不见到他，过了两个星期他才回来，据说假期中没有回上海，在虎跑寺断食。我问他："为什么不告诉我？"他笑说："你是能说不能行的。并且这事预先叫别人知道也不好，旁人大惊小怪起来，容易发生波折。"他的断食共三星期：第一星期逐渐减食至尽，第二星期除水以外完全不食，第三星期起由粥汤逐渐增加至常量。据说经过很顺利，不但并无苦痛，而且身心反觉轻快，有飘飘欲仙之像。他平日是每日早晨写字的，在断食期间仍以写字为常课，三星期所写的字有魏碑，有篆文，有隶书，笔力比平日并不减弱。他说断食时心比平时灵敏，颇有文思，恐出毛病，终于不敢作文。他断食以后食量大增，且能吃整块的肉（平日虽不茹素，不多食肥腻肉类）。自己觉得脱胎换骨过了，用老子"能婴儿乎"之意改名李婴，依然教课，依然替人写字，并没有什么和前不同的情形。据我知道，这时他还只看些宋元人的理学书和道家的书类，佛学尚未谈到。

转瞬阴历年假到了，大家又离校。哪知他不回上海，又到虎跑寺去了。因为他在那里住过三星期，喜其地方清静，所以又到那里去过年。他的皈依三宝，可以说由这时候开始的。据说，他自虎跑寺断食回来，曾去访过马一浮先生，说虎跑寺如何清静，僧人招待如何殷勤。阴历新年，马先生有一个朋友彭先生求马先生介绍一个幽静的寓处，马先生忆起弘一法师前几天曾提起虎跑寺，就把这位彭先生陪送到虎跑寺去住。恰好弘一法师正在那里，经马先生之介绍就认识了这位彭先生。同住了不多几天，到正月初八日，彭先生忽然决心出家了，由虎跑寺当家为他剃度。弘一法师目击当时的一切，大大感动，可是还不就想出家，仅皈依三宝，拜老和尚了悟法师为皈依师。演音的名，弘一的号，就是那时取定的。假期满后仍回到学校里来。

从此以后，他茹素了，有念珠了，看佛经了，室中供佛像了。宋元理学书偶然仍看，道家书似已疏远。他对我说明一切经过及未来志愿，说出家有种种难处，以后打算暂以居士资格修行，在虎跑寺寄住，暑假后不再担任教师职务。我当时非常难堪，平素所敬爱的这样的好友将弃我遁入空门去了，不胜寂寞之感。在这七年之中，他想离开杭州一师有三四次之多，有时是因为对于学校当局有不快，有时是因为别处来请他，他几次要走，都是经我苦劝而作罢的。甚至于有一时期，南京高师苦苦求他任课，他已接受聘书了，因我恳留他，他不忍拂我之意，于是杭州南京两处跑，一个月中要坐夜车奔波好几次。他的爱我，可谓已超出寻常友谊之外，眼看这样的好友因信仰的变化要离我而去，而且信仰上的事不比寻常名利关系，可以迁就。料想这次恐已无法留得他住，深悔从前不该留他。他若早离开杭州，也许不会遇到这样复杂的因缘的。暑假渐近，我的苦闷也愈加甚。他虽常用佛法好言安慰我，我总熬不住苦闷。有一次，我对他说过这样的一番狂言：

"这样做居士究竟不彻底。索性做了和尚，倒爽快！"

我这话原是愤激之谈，因为心里难过得熬不住了，不觉脱口而出。说出以后，自己也就后悔。他却是仍是笑颜对我，毫不介意。

　　暑假到了，他把一切书籍字画衣服等等分赠朋友学生及校工们——我所得到的是他历年所写的字，他所有折扇及金表等——自己带到虎跑寺去的只是些布衣及几件日常用品。我送他出校门，他不许再送了，约期后会，黯然而别。暑假后，我就想去看他，忽然我父亲病了，到半个月以后才到虎跑寺去。相见时我吃了一惊，他已剃去短须，头皮光光，着起海青，赫然是个和尚了！他笑说：

　　"昨天受剃度的。日子很好，恰巧是大势至菩萨生日。"

　　"不是说暂时做居士，在这里住住修行，不出家的吗？"我问。

　　"这也是你的意思，你说索性做了和尚……"

　　我无话可说，心中真是感慨万分。他问过我父亲的病况，留我小坐，说要写一幅字叫我带回去，作他出家的纪念。他回进房去写字，半小时后才出来，写的是楞严大势至念佛圆通章，且加跋语，详记当时因缘，末有"愿他年同生安养共圆种智"的话。临别时我和他作约，尽力护法，吃素一年。他含笑点头，念一句"阿弥陀佛"。

　　自从他出家以后，我已不敢再谤毁佛法，可是对于佛法见闻不多，对于他的出家，最初总由俗人的见地，感到一种责任：

235

以为如果我不苦留他在杭州，如果我不提出断食的话头，也许不会有虎跑寺马先生彭先生等因缘，他不会出家。如果最后我不因惜别而发狂言，他即使要出家，也许不会那么快速。我一向为这责任之感所苦，尤其在见到他作苦修行或听到他有疾病的时候。近几年以来，我因他的督励，也常亲近佛典，略识因缘之不可思议，知道像他那样的人，是于过去无量数劫种了善根的。他的出家，他的弘法度生，都是凤愿使然，而且都是稀有的福德，正应代他欢喜，代众生欢喜，觉得以前的对他不安，对他负责任，不但是自寻烦恼，而且是一种僭妄了。

扬州旧梦寄语堂

/ 郁达夫

语堂兄：

> 乱掷黄金买阿娇，穷来吴市再吹箫。
>
> 箫声远渡江淮去，吹到扬州廿四桥。

这是我在六七年前——记得是 1928 年的秋天，写那篇《感伤的行旅》时瞎唱出来的歪诗；那时候的计划，本想从上海出发，先在苏州下车，然后去无锡，游太湖，过常州，达镇江，渡瓜步，再上扬州去的。但一则因为苏州在戒严，再则因在太湖边上受了一点虚惊，故而中途变计，当离无锡的那一天晚上，就直到了扬州城里。旅途不带诗韵，所以这一首打油诗的韵脚，是姜白石的那一首"小红唱曲我吹箫"的老调，系凭着了车窗，看看斜阳衰草、残柳芦苇，哼出来的莫名其妙的山歌。

我去扬州，这时候还是第一次；梦想着扬州的两字，在声调上，在历史的意义上，真是如何地艳丽，如何地够使人魂销而魄荡！

竹西歌吹，应是玉树后庭花的遗音；萤苑迷楼，当更是临春结绮等沉檀香阁的进一步的建筑。此外的锦帆十里，殿脚三千，后土祠琼花万朵，玉钩斜青冢双行，计算起来，扬州的古迹、名区，以及山水佳丽的地方，总要有三年零六个月才逛得遍。唐宋文人的倾倒于扬州，想来一定是有一种特别见解的；小杜的"青山隐隐水迢迢"，与"十年一觉扬州梦"，还不过是略带感伤的诗句而已，至如"君王忍把平陈业，只换雷塘数亩田"，"人生只合扬州死，禅智山光好墓田"，那简直是说扬州可以使你的国亡，可以使你的身死，而也决无后悔的样子了，这还了得！

在我梦想中的扬州，实在太不诗意，太富于六朝的金粉气了，所以那一次从无锡上车之后，就是到了我所最爱的北固山下，亦没有心思停留半刻，便匆匆地渡过了江去。

长江北岸，是有一条公共汽车路筑在那里的；一落渡船，就可以向北直驶，直达到扬州南门的福运门边。再过一条城河，便进扬州城了，就是一千四五百年以来，为我们历代的诗人骚客所赞叹不止的扬州城，也就是你家黛玉他爸爸，在此撒下了孤儿升天成佛去的扬州城！

但我在到扬州的一路上，所见的风景，都平坦肃杀，没有一点令人可以留恋的地方，因而想起了晁无咎的《赴广陵道中》的诗句：

醉卧符离太守亭，别都弦管记曾称。

淮山杨柳春千里，尚有多情忆小胜。

（小胜，劝酒女鬟也。）

急鼓冬冬下泗州，却瞻金塔在中流。

幌开朝日初生处，船转春山欲尽头。

杨柳青青欲哺乌，一春风雨暗隋渠。

落帆未觉扬州远，已喜淮阴见白鱼。

才晓得他自安徽北部下泗州，经符离（现在的宿县）由水道而去的，所以得见到许多景致，至少至少，也可以看到两岸的垂杨和江中的浮屠鱼类。而我去的一路呢，却只见了些道路树的洋槐，和秋收已过的沙田万顷，别的风趣，简直没有。连绿杨城郭是扬州的本地风光，就是自隋朝以来的堤柳，也看见得很少。

到了福运门外，一见了那一座新修的城楼，以及写在那洋灰壁上的三个福运门的红字，更觉得兴趣索然了；在这一种城门之内的亭台园囿，或楚馆秦楼，哪里会有诗意呢？

　　进了城去，果然只见到些狭窄的街道，和低矮的市廛，在一家新开的绿杨大旅社里住定之后，我的扬州好梦，已经醒了一半了。入睡之前，我原也去逛了一下街市，但是灯烛辉煌、歌喉婉转的太平景象，竟一点儿也没有。"扬州的好处，或者是在风景，明天去逛瘦西湖，平山堂，大约总特别的会使我满足，今天且好好儿地睡它一晚，先养养我的脚力吧！"这是我自己替自己解闷的想头，一半也是真心诚意，想驱逐驱逐宿娼的邪念的一道符咒。

　　第二天一早起来，先坐了黄包车出天宁门去游平山堂。天宁门外的天宁寺，天宁寺后的重宁寺，建筑的确伟大，庙貌也十分的壮丽，可是不知为了什么，寺里不见一个和尚，极好的黄松材料，都断的断，拆的拆了，像许久不经修理的样子。时间正是暮秋，那一天的天气又是阴天，我身到了这大伽蓝里，四面不见人影，仰头向御碑佛以及屋顶一看，满身出了一身冷汗，毛发都倒竖起来了，这一种阴戚戚的冷气，叫我用什么文字来形容呢？

　　回想起二百年前，高宗南幸，自天宁门到蜀冈，七八里路，尽用白石铺成，上面雕栏曲槛，有一道像颐和园昆明湖上的长廊通道，直达至平山堂下，黄旗紫盖、翠辇金轮、妃嫔成队、侍从如云的盛况，和现在的这一条黄沙曲路、只见衰草牛羊的萧条野景来一比，实在是差得太远了。当然颓井废垣，也有一种令人发思古之幽情的美感，所以鲍明远会作出那篇《芜城赋》来；但我去的时候的扬州北郭，实在太荒凉了，荒凉得连感慨都叫人抒发不出。

到了平山堂东面的功得山观音寺里，吃了一碗清茶，和寺僧谈起这些景象，才晓得这几年来，兵去则匪至，匪去则兵来，住的都是城外的寺院。寺的坍败，原是应该，和尚的逃散，也是不得已的。就是蜀冈的一带，三峰十余个名刹，现在有人住的，只剩下了这一个观音寺了，连正中峰有平山堂在的法净寺里，此刻也没有了住持的人。

平山堂一带的建筑、点缀、园囿，都还留着有一个旧日的轮廓，像平远楼的三层高阁，依然还在，可是门窗却没有了，西园的池水以及第五泉的泉路，都还看得出来，但水却干涸了，从前的树木、花草、假山、叠石，并其他的精舍亭园，现在只剩下许多痕迹，有的简直连遗址都无寻处。

我在平山堂上，瞻仰了一番欧阳公的石刻像后，只能屁也不放一个，悄悄地又回到了城里。午后想坐船了，去逛的是瘦西湖小金山五亭桥的一角。

在这一角清淡的小天地里，我却看到了扬州的好处。因为地近城区，所以荒废也并不十分厉害；小金山这面的临水之处，并且还有一位军阀的别墅（徐园）建筑在那里，结构尚新，大约总还是近年来的新筑。从这一块地方，看向五亭桥法海塔去的一面风景，真是典丽鹬皇，完全像北平中南海的气象。至于近旁的寺院之类，却又因为年久失修，谈不上了。

瘦西湖的好处，全在水树的交映，与游程的曲折；秋柳影下，有红蓼青萍，散浮在水面，扁舟擦过，还听得见水草的鸣声，似在暗泣。而几个弯儿一绕，水面阔了，猛然间闯入眼来的，就是那一座有五个整齐金碧的亭子排立着的白石平桥，比金鳌玉东，虽则短些，可是东方建筑的古典趣味，却完全荟萃在这一座桥、这五个亭上。

还有船娘的姿势，也很优美。用以撑船的，是一根竹竿，使劲一撑，竹竿一弯，同时身体靠上去着力，臂部腰部的曲线，和竹竿的线条，配合得异常匀称，异常复杂。若当暮雨潇潇的春日，雇一个容颜姣好的船娘，携酒与茶，来瘦西湖上泂游半日，倒也是一种赏心的乐事。

船回到了天宁门外的码头，我对那位船娘，却也有点儿依依难舍的神情，所以就出了一个题目，要她在岸上再陪我一程。我问她："这近边还有好玩的地方没有？"她说："还有史公祠。"于是说由她带路，抄过了天宁门，向东走到了梅花岭下。瓦屋数间，荒坟一座，有的人还说坟里面葬着的只是史阁部的衣冠，看也原没有什么好看，但是一部《廿四史》掉尾的这一位大忠臣的战绩，是读过明史的人，无不为之泪下的，况且经过《桃花扇》作者的一描，更觉得史化的忠肝义胆，活跃在纸上了。我在祠墓的中间立着想着，穿来穿去地走着，竟耽搁了那一位船娘不少的时间。本来是阴沉短促的晚秋天，到此竟垂欲暮了，更向东踏上了梅花岭的斜坡，我的唱山歌的老病又发作了，就顺口唱出了这么的二十八字：

三百年来土一丘，史公遗爱满扬州；

二分明月千行泪，并作梅花岭下秋。

写到这里，本来是可以搁笔了，以一首诗起，更以一首诗终，岂不很合鸳鸯蝴蝶的体裁么，但我还想加上一个总结，以醒醒你的骑鹤下扬州的迷梦。

总之，自大业初开邗沟入江渠以来，这扬州一郡，就成了中国南北交通的要道；自唐历宋，直到清朝，商业集中于此，冠盖也云屯在这里。既有了有产及有势的阶级，则依附这阶级而生存的奴隶阶级，自然也不得不产生。贫民的儿女，就被他们迫作婢妾，于是乎就有了杜牧之的青楼薄幸之名。所谓"春风十里扬州路"者，盖指此。有了有钱的老爷和美貌的名娼，则饮食起居（园亭），衣饰犬马，名歌艳曲，才士雅人（帮闲食客），自然不得不随之而俱兴所以要腰缠十万贯，才能逛扬州者，以此。但是铁路开后，扬州就一落千丈，萧条到了极点。从前的运使、河督之类，现在也已经驻上了别处；殷实商户，巨富乡绅，自然也分迁到了上海或天津等洋大人的保护之区，故而目下的扬州只剩了一个历史上的剥制的虚壳，内容便什么也没有了。

扬州之美，美在各种的名字，如绿杨村、廿四桥、杏花村舍、邗上农桑、尺五楼、一粟庵等，可是你若辛辛苦苦，寻到了这些最风雅也没有的名称的地方，也许只有一条断石，或半间泥房，或者简直连一条断石、半间泥房都没有的。张陶庵有一册书，叫作《西湖梦寻》，是说往日的西湖如何可爱，现在却不对了，可是你若到扬州去寻梦，那恐怕要比现在的西湖还更不如。

　　你既不敢游杭，我劝你也不必游扬，还是在上海梦里想象想象欧阳公的平山堂、王阮亭的红桥、《桃花扇》里的史阁部、《红楼梦》里的林如海，以及盐商的别墅，乡宦的妖姬，倒来得好些。枕上的卢生，若长不醒，岂非快事。一遇现实，哪里还有 Dichtung 呢！